Jean-Louis Ezine

Les taiseux

Gallimard

Écrivain, journaliste et chroniqueur radio, Jean-Louis Ezine est né en 1948 à Cabourg. Il a publié plusieurs livres d'entretiens avec des personnalités littéraires, des recueils de critiques et deux romans : *La chantepleure* et *Un ténébreux. Les taiseux* a été récompensé par le prix Maurice Genevoix.

À celle qui fut toujours là
quand il n'y eut plus personne

« *Mais écoutez-les donc, les mélopées*
Ces médailles d'or si bien frappées
Ces cloches d'or sonnant des glas
Tous les muguets tous les lilas

Ce sont les morts qui se relèvent
Ce sont les soldats morts qui rêvent
Aux amours qui s'en sont allés
        Immaculés
        Et désolés. »

GUILLAUME APOLLINAIRE,
Poèmes à Lou

« *Pères profonds, têtes inhabitées,*
Qui sous le poids de tant de pelletées,
Êtes la terre et confondez nos pas... »

PAUL VALÉRY,
Le cimetière marin

I

1

Autour d'un gouffre

Je ne me suis pas toujours appelé du nom que je porte, et c'est comme si j'avais vécu une autre fois. C'est comme si j'avais été un autre. Mais de cet autre, je n'ai aucun souvenir. Rien qui puisse se dire tel, plutôt les ombres floues des réminiscences où s'évanouissent, aux limites de la mémoire, les ultimes rayons d'un monde éteint. J'étais trop jeune pour les souvenirs, quand j'ai cessé d'être lui. Et cependant il a toujours occupé ma pensée, toute ma pensée. Il ne m'arrive rien d'important, ou de misérable, ou de triste ou d'heureux que je n'aie le sentiment étrange de recevoir par délégation. Nous sommes pourtant très différents, lui et moi. Pour commencer, lui avait un père, tandis que moi, je n'ai eu que le manque. Tout, depuis toujours, a gravité autour de ce trou noir. J'ai oublié mon père comme j'ai oublié celui que j'étais quand je l'avais encore. Or, cet oubli est en même temps le contraire d'un oubli puisqu'il se tient pour intolérable et qu'il n'a jamais cessé de m'habiter, de me poursuivre, de m'appeler comme si ma vie en dépendait et qu'il a pris dans la suite des temps toutes les formes de la hantise, du tourment, de

15

l'obsession : je me heurte tous les jours au fantôme de celui que je fus quand je portais un autre nom.

J'ai conservé toutefois quelque chose de lui, une sorte de talisman qui aura traversé je ne sais par quel miracle ce chaos de fuites, échappées, dérobades où j'ai vécu, quand j'abandonnais derrière moi quantité d'indices à la merci du hasard, par une négligence calculée où je croyais mettre le sort en demeure de m'apporter une certitude. C'est une photographie de l'inconnu quand je n'avais pas encore cessé d'être lui. Comment ai-je pu la sauver, quand le désastre commandait qu'il ne restât rien de cette histoire ? C'est tout ce qu'il m'en reste, une image, une seule, tombée d'un film que je ne verrai jamais. Aujourd'hui encore, il m'arrive d'être pris de panique à l'idée que je puisse la perdre, hypothèse qui, combattue par d'incessantes précautions d'archivage, ne manque jamais de fabriquer la catastrophe redoutée. Mais elle finit toujours par revenir des cachettes changeantes où mon angoisse la remise. Elle a des bords crénelés, comme les feuilles de chêne dans l'herbier du collège où je l'avais découverte et longtemps tenue serrée (mais que le temps a détruit, lui, malgré le luxe de techniques où s'y trouvaient momifiées les essences persistantes), et elle est signée d'un studio de Caen dont la griffe en majesté, ornant la reliure en papier chagriné qui l'enferme, semble poser un sceau inviolable sur ce que je ne dois à aucun prix savoir. L'inconnu se dissimule derrière un volet artistement gaufré et il faut encore écarter un fin rideau de cellophane avant de prétendre lui être présenté. C'est alors le choc. L'inconnu éclate de rire.

Je le vois comme un frère qui n'aurait pas vécu. Mais chaque fois que je l'envisage il triomphe et me met à la torture, avec son col Claudine et sa barboteuse à smocks, ces fronces brodées que les nourrices anglaises avaient mises à la mode et qui signaient l'appartenance au monde raffiné des vainqueurs, au début des années cinquante. Sous la vague écumante de ses boucles, anglaises elles aussi, il rayonne d'un bonheur éclatant mais cruel que je ne peux rejoindre, même pas imaginer. Et le pourrais-je au demeurant, ce serait comme le lui voler, comme voler son âme à un disparu. Il a trois ans quand il est rayé de l'état civil, et la main qui, bien plus tard, avait discrètement glissé sa photographie dans mon herbier y avait aussi déposé comme une sainte relique quelques mèches de ses cheveux, ainsi qu'on fait pour se souvenir des condamnés qui ont subi le martyre. Il ne peut être moi, encore que je puisse me vanter d'avoir été très beau, dans une autre vie. Je ne suis que son fantôme, un survivant sans mémoire, je veille la dépouille d'un vieil enfant dont j'ai longtemps, très longtemps, tout ignoré. J'ai fini par perdre ses cheveux.

Ce portrait, je n'y respire pas seulement le parfum des paradis qu'on sait à jamais perdus et qui ne dispensent que des mélancolies éteintes. J'y flaire quelque chose d'intime et pourtant d'inapprochable, comme si on me parlait dans une langue dont j'aurais perdu l'usage. Je n'y devine rien des vérités ou des mensonges jalousement confisqués, je n'y devine rien puisque le malheur n'y paraît pas. Comment ce jeune duc volubile et si évidemment choyé pourrait-il être moi? Il semble pourtant qu'il me suffirait de fermer les yeux pour entendre couiner le canard en caoutchouc qu'on lui a mis entre les mains et dont le bec grand ouvert s'étrangle sans fin dans un appel muet. « Un canard mandarin », chinoisait ma pauvre mère, qui avait cette frénésie de nommer les choses, cet amour des phrases, cette religion du beau détail peut-être fallacieux qui nous sont si secourables dans le brouillard de nos vies, parce qu'ils jettent dans le chaos des évidences pitoyables l'hypothèse artiste qui pourrait tout sauver.

L'enfant au canard mandarin aura vécu sous un nom qui, pour avoir été d'abord celui d'une jeune fille, qui elle-même le tenait légitimement de sa jeune fille de mère, était beaucoup moins factice, en somme, que celui qu'elle m'a fait donner par un inconnu qui passait par là, au large de notre histoire, un mercenaire disponible à tous les emplois et à qui du reste je n'ai jamais adressé la parole pendant les dix-sept années que j'ai passées sous son toit. Voilà une évidence que je serais bien en peine d'expliquer ou de faire partager à quiconque ne l'aurait pas vécue. C'est le problème avec les évidences, en tant que telles elles ne se donnent jamais le mal de la démonstration. Comment rendre compte d'une situation que le langage lui-même renonce à démêler? Aller sans dire, ça va sans dire. Ce monstre non plus ne me parlait pas, il va sans dire. Je me suis longtemps demandé qui avait commencé. Ce fut une guerre et même sa mort, bien tardive et si peu convenable, ne fut pas un soulagement : il continua de se taire, et moi de le maudire, en silence, comme si de rien n'était. Je suppose qu'il existe des coups de foudre dans l'aversion, comme dans l'amour. Nous fûmes étrangers et hostiles l'un à l'autre dès le premier jour.

Je ne connais pas d'exemple de lutte armée où le poids de la haine soit un empêchement plutôt qu'une ressource. Ce fut comme si le temps nous avait tourné le dos, à lui et moi, et décidé qu'il n'avait rien à faire de notre histoire, que ce n'étaient pas là ses oignons, que nous n'avions qu'à nous débrouiller. Souvent, les choses s'arrangent avec le temps. Et si elles ne s'arrangent pas, alors c'est qu'elles s'aggravent. Ou les deux à la fois, c'est probable. Elles s'arrangent sur un plan et se dégradent sur un plan plus vaste, c'est la loi de l'entropie. Tout cela demande du temps. Ma guerre n'a jamais connu de repos. Nous avons vécu l'inexprimable. Nous avons bravé l'indicible, puisque le langage n'avait pas cours dans notre affaire. Pas un mot ne fut échangé entre mon beau-père et moi pendant dix-sept ans, rien n'est plus exact. Et pas un regard non plus, c'est l'évidence. La moindre occurrence de cette nature m'aurait terrassé. Je préméditais mes déplacements de manière à ne jamais le croiser, une hypothèse qui, contenue au périmètre restreint du logis, suffisait à me mettre au supplice. Le seul écho de son pas arythmique et traînant d'invalide déclenchait en moi l'urgence du repli ou de la fuite : il fallait se rencogner ou disparaître. Je disparaissais. Il est épuisant de disparaître à tout propos, mais j'acquis très tôt la souplesse et l'allant nécessaires à cette manœuvre.

S'il arrivait que nous dussions nous croiser, nous le faisions vite, les yeux baissés de concert, sans un mot, et mon cœur cognait dur. Le danger passé, je reprenais mon souffle. J'allais au jardin du côté des tomates, c'était à la fois le mur le plus ensoleillé et l'angle mort de la maison. J'étais tranquille, ce coin-là donnait sur le vide, une dépression à donner le vertige. Planté au bord du précipice, un pommier oblique y vomissait chaque année sa cargaison. J'y descendais en m'agrippant aux racines, un sac de jute en bandoulière. C'était un ancien trou de bombe où l'herbe avait poussé, l'infirme ne s'y risquait pas. Mais dès qu'un malheureux concours de circonstances nous mettait en contact, monsieur Ezine et moi, nous formions un gouffre où le monde était en grand danger de s'anéantir, et plus rien n'existait au regard de ce terrible moment, ni le ciel bleu, ni l'odeur des fougères, ni le chant des oiseaux, ni la joie des chiens tentant de lancer un jeu entre nous avec cette inconcevable utopie qui habite parfois les bêtes, et j'enviais la désinvolture du cycliste qui sifflotait sur la route sans se douter de rien.

Ma mère ne disait pas « Pierre », ni même « mon mari », et moins encore « ton père ». Elle ne le désignait jamais que par son nom propre. Elle disait « Ezine » et l'évoquait objectivement, comme elle l'aurait fait d'un voisin qu'elle remettait bien ou d'une vague connaissance. Mais si son interlocuteur était une personne de qualité, elle disait « Monsieur Ezine », comme elle aurait dit « Monsieur le comte » si elle avait été comtesse. Toujours se montrer beau.

Monsieur Ezine boitait bas et buvait sec. D'énormes crayons rouges sur l'établi de la remise témoignaient de son passé de charpentier. Il était court de taille, rond de buste, et dans les azimuts champêtres où il intriguait, comme braconnier ou garde-chasse, on l'appelait « Le Gros ». Il traquait le lièvre et la girolle, battait les cartes dans les tripots, fréquentait la pègre cantonale. Les campagnes de Cochinchine et de Syrie avaient occupé semblait-il l'essentiel de sa jeunesse, laquelle l'avait vu s'embarquer deux fois à Rochefort, en mémoire de quoi il chiquait un tabac colonial qu'il expulsait de loin en loin en longues paraboles colorées dans les bégonias. Il besognait au noir, exigeant d'être rémunéré « en liquide » et le buffet familial alignait des bonbonnes d'eau-de-vie dont il prétendait déterminer le millésime à la seule musique que produisait cette contrebande en s'échappant du goulot.

À l'ordinaire, monsieur Ezine se faisait annoncer par sa motocyclette, une antique Norton qui avait fait la bataille de Normandie sous des fesses britanniques, et dont l'irascible combat contre la pente, au sommet de la côte où nous gîtions, ébranlait toute la forêt du Rathouin. Il n'y avait qu'une chose au monde qui pût m'épouvanter plus encore que cet équipage, dont l'approche détaillait la ruine au moment où il débouchait sur le plateau, tout auréolé de poussière et de gaz brûlants : c'était de le guetter en vain. On savait alors que monsieur Ezine rentrerait tard et que la nuit serait blanche. Sa violence ne laisserait rien debout dans la petite maison, un baraquement de planches et de toile goudronnée comme il s'en construisait au lendemain de la guerre, en lisière des villes normandes effondrées sous les bombardements, et qui faisaient dire curieusement des privilégiés dont les demeures avaient été épargnées qu'ils vivaient « dans le dur ». Maman servait ainsi nombre de bourgeois et de nobliaux à particule qui, sous les ombrageux couverts où se dissimulaient leurs manoirs, vivaient « dans le dur ».

Nous étions pour notre part cramponnés à

l'éphémère, au fragile. Au provisoire, stipulaient les agréments communaux que publiait par intervalles le service du logement. À l'aggloméré, disait-on plutôt pour en conjurer la fatale légèreté. Le chenil, derrière le haut treillis qui en fermait le territoire, offrait dans l'angle du jardin de bien meilleures garanties. Monsieur Ezine l'avait bétonné dans un dessein d'élevage mais il n'abrita jamais qu'une femelle épagneul dont le pedigree, plus épais que notre livret de famille, calligraphiait dans un luxe de boucles et de serpentins déliés le nom considérable. Lady du Verdier de la Touzerie était exceptionnelle à l'arrêt, gagnait des concours, s'illustrait aux chasses mondaines d'un ténor du barreau où monsieur Ezine officiait comme chef de battue, en cravate de soie et brodequins orthopédiques, lesquels donnaient à sa claudication un tour plus majestueux. Il s'appareillait dans les grandes occasions.

Après les tempêtes de toute nature, célestes ou conjugales, on retapait, on redressait. L'ancien charpentier, interdit d'échelle par son handicap, ne pouvait plus réparer les dégâts qu'il avait souvent lui-même causés. Des hommes grimpaient sur le toit, colmataient les brèches, donnaient frénétiquement du marteau sur les arêtes, clouaient de nouvelles voliges. Leurs torses nus luisaient au soleil et monsieur Ezine passait les bouteilles. Le provisoire dura vingt ans.

Avec les débris, on faisait des clapiers. Ils accueillirent jusqu'à une centaine de lapins dont les sourds tapements faisaient écho à mon attente, les soirs où monsieur Ezine ne rentrait pas, et que je me tenais aux aguets, près de la petite barrière de bois blanc. La peur montait doucement. Dans ses grands soirs d'émeutier, monsieur Ezine nous flanquait parfois dehors, maman et moi. Nous allions nous cacher au chenil et Lady, flairant la promesse de quelque partie de campagne, pointait son mufle primé au grillage et léchait nos angoisses.

Je me souviens d'une nuit où les cris rauques et la destruction nous repoussèrent loin de la bicoque, dans un chemin de mâchefer si sombre qu'un marcheur, sous un ciel sans lune, n'y distinguait pas même ses pieds. Nous allions en aveugles, et je m'attendais à m'étaler à tout moment sur une souche ou dans un buisson de ronces. Au-delà de cette sente perdue, une haie de saules têtards tendue de fils de fer barbelés ceinturait l'infini herbu des pâturages. Plus loin encore, les ténèbres engloutissaient les bâtiments pourtant gigantesques de « la ferme de l'hôpital », comme on l'appelait, et la plaine s'épanouissait par là dans une apothéose maraîchère où j'aimais, aux heures diurnes que je volais aux galères, me glisser sous les rames des légumes volubiles, accueillantes comme des tentes d'Indiens. Tous ces sillons industrieux couraient à l'hôpital et je trouvais que les mourants avaient bel appétit.

Maman s'arrêta brusquement, sans un mot, comme alertée. Sembla guetter dans le silence un signal redouté, ou convenu. Un discret trafic de broutage et de rumination traînait au ras du sol, dans le noir, comme une persistance tellurique. De longues minutes passèrent. Je ne discernais de maman que la tache claire de ses bras nus. Le vestige de l'ancien calvaire, qui donnait de la gîte depuis que la foudre en avait déchaussé le socle, finit par émerger vaguement de l'obscurité, juste devant nous, à la croisée de Saint-Ursin, où le monument avait été érigé en mémoire d'un auguste dont la légende voulait qu'il eût sauvé la ville de la peste noire. Ma mère était toujours immobile. Elle affichait souvent cette concentration extrême. Il m'arrivait de l'épier, à la maison, tandis qu'elle s'absorbait à la tâche, cousant ou épluchant sous la lampe, et je voyais ses lèvres remuer sans émettre le moindre son.

Je me suis rendu compte à cet instant que, chaque fois qu'il nous fallait prendre la fuite, dans une improvisation qui ne nous laissait même pas le temps d'enfiler chaussures ou vêtements, maman nous emmenait toujours dans la même direction, la seule où elle était sûre de ne faire aucune rencontre, où elle ne risquait de croiser ni le secours ni la compassion. Elle se méfiait des apaisements qu'appelle ou reçoit la détresse quand elle se montre. On connaît ça. Au bout du compte, quand chacun revient à sa destinée, le secours se paie d'un châtiment redoublé et rien ne laisse de souvenir blessant comme la compassion, après qu'elle a disparu dans le regard de celui qui vous l'exprime. Le mieux pour nous, c'était encore de se taire. Maman et moi étions solidaires dans la honte. Nous l'étions d'instinct, j'imagine, car si j'ai appris de son exemple le prestige du silence, le tact de l'orgueil, l'élégance du retrait, elle ne m'en a jamais soufflé mot, pas plus cette nuit-là qu'aucune autre. Maman avait pour le monde qu'elle servait un dévouement sans limite. Elle aurait tenu pour une inconduite, un attentat aux bonnes manières, de laisser voir la bassesse de notre condition.

Dès l'école maternelle, je possédais comme personne l'art de se dérober à toute inquisition. Je fuyais les regards, les questions, les câlins. De toute manière, la moindre attention d'un tiers me mettait au supplice. Mademoiselle Seguin, ma maîtresse, avait pour moi une tendre sollicitude qui m'écorchait vif. Les images colorées de la basse-cour, les bûchettes et les bons points défilaient devant mes yeux sans que j'y comprisse rien. Je ne pouvais pas soutenir son regard, tandis qu'elle s'obstinait à me faire jouer et parler. « Comment t'appelles-tu ? » Pas de réponse. « Tout le monde sur cette terre porte un nom. Tout le monde sur cette terre est assez digne de l'existence qu'il a reçue du bon Dieu pour porter un nom (et là, mademoiselle Seguin posa devant moi un pot où s'élevait une tige feuillue). Même cette herbe jolie, qui s'ennuie toute seule dans son pot et qui va mourir si tu ne lui donnes pas un peu d'eau, elle porte un nom, comme toi. Si je lui demande : comment t'appelles-tu ? elle me répondra : je m'appelle pimprenelle. Alors, dis-moi, comment t'appelles-tu ? » J'ai regardé l'herbe jolie qui allait mourir et j'ai répondu : « Je m'appelle pimprenelle. » Un jour, ce fut le drame. Mademoiselle Seguin, avec sa douceur opiniâtre, m'avait-elle soulevé de sa main le menton pour m'obliger à la considérer ? Du spasme violent et douloureux dont j'eus tout de suite le ventre cisaillé, je n'ai gardé qu'un souvenir honteux. La sanction fut immédiate, irrépressible, mais, pour être humiliante, elle le fut beaucoup moins que celle qu'elle me valut au retour à la maison, où je parus, équipé en guise de pantalon de braies de laine grossière, tenant d'une main la main secourable de l'institutrice, et de l'autre le sac de papier fort où elle avait déposé ma souillure. Dès qu'elle fut partie, après un long conciliabule, ma mère me poussa à la cave avec l'infect trophée et referma la porte sur cette consigne : « Tu en sortiras quand tu en auras terminé ! » Quand j'en aurais terminé, de quoi ? La cave ne disposait d'aucune arrivée d'eau, nul robinet auquel j'aurais pu nettoyer mon vêtement. Je ne savais quoi faire ni penser, quand la porte s'ouvrit. Ma mère me tendit un objet que je n'ai d'abord pas identifié, dans le contre-jour. Elle me dit : « Avec ça, ce sera plus commode. On n'est pas chez les animaux. » J'étais assis sur le billot qui servait à couper le petit bois. Je me suis levé. J'ai tendu la main. C'était une petite cuiller. La petite cuiller des dimanches.

J'y ai repensé tandis que nous nous cognions aux ténèbres dans le chemin de mâchefer. Tout d'un coup je n'ai plus vu ses bras blancs, ma mère avait disparu dans la nuit. J'ai tâtonné dans le vide, dans tous les sens. Rien. Je devinais à peine la croix de Saint-Ursin, qui penchait au-dessus du fossé plein comme un ruisseau. J'entendais dans la prairie le pas lent et lourd des vaches, que les fermiers laissaient paître la nuit en cette saison. Je me suis dit que je n'irais pas plus loin, puisque de toute façon nous ne cherchions rien, quand maman nous conduisait là. Nous ne cherchions rien que le silence. J'attendrais un peu, et puis je retournerais au chenil. Il avait plu et je sentais une méchante fatigue m'envahir mais je ne pouvais pas m'asseoir, à cause du costume que je portais et que nous avions loué. Il m'a semblé soudain que quelque chose s'était mis en mouvement au bord du fossé, une forme qui rampait. Je me suis baissé avec précaution, rapport au costume. Maman s'était agenouillée, ou plutôt laissée doucement tomber au pied du calvaire. Je l'ai enveloppée de mes bras. Elle n'a pas parlé mais j'étais sûr qu'en cet instant ses lèvres remuaient. C'est la seule fois où elle a paru manifester une faiblesse devant moi. L'obscurité aidant, je crois qu'elle m'avait oublié. Je me suis alors rappelé que j'avais fait ma première communion ce même jour. Au moment du gigot, monsieur Ezine avait soulevé sa chaise et dispersé la fête.

Au reste, je dois convenir qu'il n'avait pas eu de mauvais geste personnel à mon égard. Pour ça, il avait maman. Fatalement, un mauvais geste n'aurait pas manqué de nous engager dans une relation quelconque, lui et moi, une relation humaine, comme on dit. Et c'est justement ce qui était impossible entre nous, une relation, un rapport humain. Même le jour où, d'un bond réflexe qui m'a surpris moi-même, je me suis jeté entre ma mère et le fusil dont il la menaçait, dans le réduit qui séparait la glacière du garde-manger, il n'a pas eu de geste déplacé. J'ai fixé sans le voir le canon qui était braqué sur moi maintenant, tout près. J'ai même senti l'odeur de la graisse dont monsieur Ezine le gratifiait à chacun de ses retours de la chasse, à l'aide d'un écouvillon dont il fouettait parfois ses bottes. Il a baissé l'arme et tourné les talons. En dépit de la promiscuité, nous n'avions comme d'habitude échangé ni regard ni parole, ce qui avait paru jeter un froid inespéré dans leur dispute. Ma mère se décolla du mur et tira sur son tablier en désordre. Nous étions comme les acteurs qui viennent de répéter une scène et, l'ayant déroulée jusqu'à un point convenu du scénario, rompent comme si de rien n'était.

Maman n'était pas seule à veiller sur ma dignité. Je pouvais compter aussi sur Thérèse, la fidèle et providentielle amie qui chaque soir, en été, à heure fixe, avec une insistance tatillonne, promenait son rayon lumineux à mon chevet pour vérifier que tout allait bien, fouillait toute la chambre où les ombres détalaient devant sa torche folle, embrasait l'armoire à glace et, me croyant endormi sous les draps où je fuyais ce torrent de lumière, me parlait à voix haute d'espérance et d'amour. C'étaient ses mots, l'espérance et l'amour. J'aurais juste voulu qu'elle parle un peu moins fort, toute la ville pouvait l'entendre. Mais le lent cortège qui piétinait sous ma fenêtre après le spectacle de son et lumière s'écoulait dans un bavardage indifférent. Thérèse Martin laissait le monde dans l'ignorance des faveurs qu'elle me prodiguait. Tous les soirs pourtant, à la belle saison, les feux et les orgues roulaient depuis le dôme de la basilique jusqu'à la maison qu'ils prenaient dans leur frénésie, quelques mètres plus bas. De puissants projecteurs simulaient même les poursuites de la guerre aérienne dans un assourdissant vacarme où la colère divine se proposait de meubler nos veillées, pour le cas où elles auraient été paisibles. Mais la sainte bordait mon sommeil et me berçait du récit de sa misère.

Je n'étais pas dupe en revanche des apparitions miraculeuses dont était le théâtre, auprès de mon lit, un recoin que fermait un épais rideau au motif écossais et qu'on appelait la penderie, bien que les choses y fussent entassées plutôt que pendues. La penderie contenait tous mes effets. C'est dans cette façon de placard que j'ai cueilli les premiers indices de notre vie d'avant, que maman glissait à mon insu dans des enveloppes, au fond de mes poches ou de mes cahiers, dans des cartons à chaussures, telles des récompenses qu'elle me laissait découvrir, chaque fois que l'existence nous poussait dans l'affliction ou qu'elle me voyait gagné par les tristesses. Elle ne s'en cachait elle-même que pour m'instruire de la nécessité du secret, je l'avais très tôt deviné, et je n'ai jamais douté qu'elle fût la pourvoyeuse de ces délices interdits. Cette connivence silencieuse nous liait plus qu'un serment. C'est là que j'ai eu la révélation de l'enfant au canard mandarin, c'est là que j'ai trouvé ses boucles blondes dans un opercule de verre, sous le rabat d'un herbier où j'exterminais sans discernement tout ce qui prend racine dans ce monde.

C'est aussi là que, des mois ou des années plus tard, cet inconnu m'a été présenté, de manière fort civile, sur un mouchoir brodé où un jardinier coiffé d'un chapeau de paille inclinait son arrosoir au-dessus d'un parterre de fleurs dont les tiges et les corolles composaient, avec une distinction un rien surannée, le nom de *Jean-Louis Bunel*. C'était la version maternelle de la chasse aux trésors mais je n'y ai jamais vu un jeu où il n'y aurait eu à récolter que des consolations plus douloureuses encore que les peines qu'elles étaient censées éteindre. Ma mère m'ouvrait un royaume dont la clef s'était perdue quelque part au fond de moi.

Ces merveilles n'avaient pas de prix à mes yeux. Elles me paraissaient aussi irréelles que si je les avais sues échappées d'un rêve que j'avais fait dans la nuit, et dont je n'aurais conservé au réveil qu'une mémoire confuse, et si mince en vérité que je ne parvenais pas à en saisir l'intrigue ou le motif. Était-ce un rêve ou un souvenir ? Je ramassais une pomme de pin sur le sable froid, et je m'inquiétais de la jupe blanche qui virevoltait dans les broussailles, s'éloignant trop vite vers la lande où les mouettes criardes lui faisaient escorte et dominaient mes appels. « Cancane ! Cancane ! » Dans mon rêve, c'était le prénom que portait cette jeune fille mais ce prénom n'existe pas. Je ne connais pas de jeune fille qui aurait été baptisée Cancane. Pourtant, le souvenir de Cancane était aussi certain pour moi que peut l'être le paradis à ceux qui savent l'avoir perdu, et dans le mien prenait place mon camion de pompier, que je faisais rouler vers un cabanon où nous cherchions l'abri du vent, mais qui, nous ?

Ma mère profitait toujours des moments où nous étions à table pour me remettre sur les traces de notre beau passé, sans se formaliser de la présence de monsieur Ezine qu'elle prenait un évident plaisir à mystifier. Il lui suffisait de me regarder avec une certaine acuité, une expression interrogative qu'elle appuyait d'un demi-sourire et je comprenais, si je ne l'avais pas encore découverte, qu'une nouvelle relique m'attendait dans la penderie. Aux objets ayant appartenu à l'enfant au canard mandarin, s'ajoutèrent bientôt d'autres fabuleux trophées. J'ai oublié à quels tourments je les devais. J'avais été confié quelques jours à ma grand-mère Jeanne, le temps pour maman de recevoir les soins que nécessitait son état. À mon retour à la maison, qui suivit de peu le sien, j'eus une belle surprise.

Nous étions à table. Monsieur Ezine était occupé à ses poivres et à ses piments dont il faisait une consommation telle que je ne l'ai jamais vu terminer un repas sans transpirer à gouttes. Sur la gazinière à bois, le rata de miss du Verdier de la Touzerie mijotait dans le faitout le plus cossu du patrimoine, répandant à travers la maison une odeur fade de viande bouillie. Jamais ma mère n'aurait permis le détournement d'un accessoire domestique à des fins aussi triviales que le nourrissage d'un chien, mais à l'évidence monsieur Ezine en avait pris à son aise pendant son absence. Ma mère paraissait indifférente et lasse. Elle me regarda soudain avec un sourire inattendu, qui était en fait le sourire attendu, et je sus qu'une nouvelle était arrivée pour moi, tombée du paradis. Et à mon idée, la voyant si fatiguée qu'elle semblait avoir renoncé aux émotions, à celles qu'on reçoit comme à celles qu'on donne, la nouvelle ne pouvait être que d'importance. Ce jour-là, j'ai exhumé des couches inférieures de mon vestiaire la plus belle pièce de mon archéologie intime : une casquette d'aviateur, une vraie de vraie, bien trop grande pour ma tête. Je pris l'habitude de m'en coiffer dès que j'étais seul.

Quelques mois plus tard, ce fut une chemise d'homme, une ample chemise dont j'aurais pu me faire une blouse si le terrible monsieur Ezine ne m'avait pas laissé d'autre liberté que celle d'y étouffer mes chagrins. Vers la même époque me parvint aussi une carte postale dont la légende indiquait : *Houlgate — Le château « Les Béquettes »*. C'était une vue dans les tons bistre. On y voyait un arbre fourchu devant la façade mélancolique, garnie d'un épais feuillage, d'une somptueuse demeure que ceinturait un péristyle gothique. C'est l'expression qu'a employée monsieur Bisson, mon instituteur à l'école Jules-Ferry, à qui je l'ai montrée. J'étais moins angoissé avec monsieur Bisson qu'avec les autres maîtres parce que ses yeux divergeaient et qu'on ne pouvait pas rencontrer son regard. Je lui ai tendu ma merveille sans un mot et il ne m'a pas posé de question. « C'est très bien, mon petit, c'est très joli. » J'étais déçu. Mais en me rendant la carte, il a posé négligemment le doigt dessus et m'a dit : « Tu vois ces colonnettes ? Eh bien, mon petit, c'est un péristyle gothique. » La précision m'a tout de suite séduit. Je me suis promené pendant des années dans mon péristyle gothique. Je m'y enfermais. De là, je fixais l'allée qui contournait l'arbre fourchu. Ou alors je considérais depuis le perron, qui s'arrondissait en proue sur l'océan gazonné, l'énorme et sombre feuillée qui frappait aux fenêtres. Une ou deux fois, halluciné sans doute par mon guet, j'ai cru voir s'élargir sur le mur une tache sanglante. L'engourdissement me gagnait. J'attendais que quelqu'un vienne. Mais au dos, la partie réservée à la correspondance était vide.

2

Mes salades

Je me réfugiais parfois dans une sorte de chalet à l'abandon, au fond d'une forêt ignorée des bûcherons et des chasses. Le soleil lui-même n'y pénétrait pas, tant la futaie était haute et serrée. Elle ne se démêlait qu'aux confins de l'étroite clairière où était édifié l'abri, qui s'agenouillait dans les mousses et semblait implorer la bénédiction d'un rayon de lumière. Je n'ai pas le souvenir qu'il fut un seul jour exaucé, mais je me sentais bien dans son ombre propice. Il était fait d'un bois de grume qui l'assimilait aux arbres environnants et le rendait invisible à un œil non exercé. J'y passais des heures entières, je m'y sentais comme hors du monde. Je pris l'habitude de m'isoler là, à l'écart de tout, et d'y cultiver l'hypothèse d'être à couvert.

Au début, j'ai dû faire des efforts, m'appliquer. Je m'asseyais par terre, le dos au mur et je contemplais le vide bienfaisant. Je n'ai pas tout visité la première fois, le chalet ne m'est pas tout de suite devenu familier, bien qu'il fût de construction très simple et sans fantaisie particulière. Il se composait à vrai dire d'une pièce unique, dont le format variait selon le jour qu'y distribuait la lucarne. Il était toutefois agrémenté sur un côté d'une véranda où il était agréable de se figurer un rocking-chair, dans lequel on aurait bercé sa fatigue.

À chacun de mes séjours, je percevais un détail nouveau, l'aspect sombre et rugueux des écorces qui, de l'extérieur, dissimulaient parfaitement l'ouvrage dans les hautes fougères, le sol en planches, la rambarde qui courait sous la véranda, où il était plaisant de s'accouder pour réfléchir. Je découvrais, je ne savais rien encore du rôle que cette méchante cabane jouerait dans ma vie, je ne soupçonnais rien des aménagements dont j'allais l'enrichir au fil des années. Je me contentais d'être ailleurs. J'étais bien tranquille. Ce n'est pas ici qu'on viendrait me chercher. La forêt était inconnue des cartes. Quant au chalet, je ne risquais pas d'en être délogé. Il n'a jamais existé que dans mon imagination.

C'était un abri mental dans lequel je parvenais à m'abstraire, autant qu'il se pouvait, des contingences. Je n'étais pas dupe de l'illusion. Aussi, je n'ai eu de cesse de la développer. Mon esprit ne s'abandonnait pas non plus à la chimère quand je le laissais vagabonder sous le péristyle gothique du château des Béquettes, dont la photographie explorée sans fin m'a sans doute donné le goût de ces escapades. De toute façon, le réel me rappelait bien vite à l'ordre. Il s'assurait même de trop faciles victoires pour menacer de s'affaiblir sous l'effet de mon mépris. Il s'agissait juste de se ranger sous le secours d'une hypothèse aimable les jours où monsieur Ezine donnait de l'air et du mouvement à sa tyrannique impotence. Non loin du chalet, la futaie s'ouvrait dans un taillis qu'éclairait, en été, le mauve intense d'une lande de bruyères. C'était la fleur préférée de maman. Je me répétais qu'il ne fallait pas que j'oublie de lui en cueillir.

J'étais parfois jaloux du culte clandestin que ma mère rendait à Jean-Louis Bunel, quand moi, qui n'étais autre que lui après tout, réduit il est vrai à l'état de persistance organique, je devais récurer les clapiers ou rincer les bouteilles à cidre, tavelées d'une lie fossile dont le goupillon ne venait pas à bout, même actionné avec ma jeune frénésie. Mais ce dépit s'envolait dans l'action et les besognes de toute nature me parurent bientôt légères. Maman me passait les consignes et, loin de les trouver accablantes comme autrefois, j'estimais que c'était un dédommagement bien vil que je payais là à ma gloire future. Car mon destin était écrit : je redeviendrais un jour Jean-Louis Bunel et la seule manière de m'unir à lui, c'était de retrouver mon père.

Jamais je ne me suis mieux acquitté, dans les pâtures où je traînais mon sac de jute, de la délicate cueillette de l'herbe aux lapins. Monsieur Ezine se chargeait de les tuer, il me revenait de les faire vivre. L'exécution se déroulait au mur de la remise et ne nécessitait qu'un clou et une ficelle, commis en permanence à cet office. Monsieur Ezine dépiautait avec minutie, jusqu'à obtenir un écorché de lapin qui pendait par les chaussettes. Il faisait faire ses besoins posthumes à la victime et finissait toujours par les yeux. Moi, je devais nourrir les bêtes, c'est-à-dire les amener à un poids digne du martyre auquel on les préparait. J'y mettais une compétence de botaniste, n'oubliant pas de distraire pour mon herbier la pimprenelle en fleur. Le lapin n'est pas facile à contenter : il raffole de l'herbe fraîche, mais l'humidité lui est mortelle. Or, le pays d'Auge ne fait pas la distinction entre le frais et l'humide.

Une autre mission me conduisait dans les herbages, et celle-là réclamait un tout autre équipement. Je poussais vers des sites choisis un vieux landau désaffecté dont la caisse suspendue et les grandes roues convenaient à une navigation dans les ornières et les crevasses, et que ma mère surnommait « la Bichette ». J'emportais aussi un outil original, et même unique. C'était une béquille qui avait aidé monsieur Ezine à effectuer ses premiers pas dans les temps qui avaient suivi son accident, et dont la traverse axillaire, il n'y a pas d'autre mot, s'agissant de cette pièce de bois qui reçoit l'aisselle, avait été remplacée par un soc de charrue. L'étrange ustensile se révéla d'un emploi fécond pour le décollage et la manutention des bouses que je collectais dans la Bichette, et avec quoi nous fumions le jardin en hiver, chacun à son bout de labour, lèvres serrées.

Bientôt, tout ceci n'aurait plus aucune importance pour moi, je le savais, et je m'en souviendrais même avec amusement. Je retrouverais mon père. Peut-être même qu'il viendrait en personne me délivrer. C'était à qui retrouverait l'autre le premier. Je ne savais rien de lui, mais il était tout entier dans les regards de maman, je le voyais bien. Fuyant comme un reflet, je le voyais bien. Et il vivait, je le voyais bien. Un mort, maman ne me l'aurait pas livré de cette manière, par petits morceaux. Il m'arrivait de penser qu'elle en usait avec moi comme monsieur Ezine avec sa chienne Lady, à qui il donnait lui aussi des objets à flairer avant de la lancer en chasse, sur la piste de je ne sais quel gibier.

Une folle évidence est venue me frapper à ce sujet, un jour où la camionnette puante de monsieur M. était venue nous fournir en laine de mouton, pour les matelas. Les visiteurs étaient rares à la maison. Je les fuyais et les appréciais à la fois, car la prévenance qu'ils déclenchaient mécaniquement autour de leurs personnes soulageait l'attention dont j'étais moi-même l'objet et me donnait l'occasion d'une brève fugue. Si l'on s'inquiétait avec courtoisie de ma présence, ma mère ne m'appelait pas, ne feignait pas de me chercher. Elle disait simplement : « Oh, vous savez, mon fils, c'est un sauvage. » Monsieur M. n'était qu'un paysan d'une condition toute pareille à nos hôtes coutumiers, mais il parlait la tête rejetée en arrière, comme pour vous considérer à la bonne distance hygiénique. Il avait la gaieté un peu fabriquée des gens qui semblent en convalescence de quelque chose. Et il avait du langage aussi, ce qui fait plutôt sourire dans les campagnes et passer pour un original. On disait qu'il avait été le secrétaire d'un marquis ou quelque chose de ce genre, homme à tout faire, palefrenier. Il était toujours des chasses de monsieur Ezine.

Quand je suis revenu à la maison, la camionnette de monsieur M. était encore là, mais la laine en avait été déchargée et les bassines d'ammoniaque, dans la cour, commençaient à assassiner le lilas blanc. Je savais ce que ça signifiait : on était un jeudi, jour sans école, la corvée était pour maintenant. Monsieur Ezine exigeait qu'il fût procédé au lavage à l'endroit le plus éloigné de la maison, en fait près du portillon en bois blanc qui en marquait l'entrée, car son statut de mutilé du travail lui interdisait les émanations. J'ai commencé à répartir la matière brute, d'un jaune sale, entre les différents récipients. Ce n'est pas tous les ans et c'est toujours une surprise. Vous mettez les mains aux bassines et là vous comprenez : c'est comme si le suint et les déjections de l'animal vous disputaient la laine. Les locataires refusent l'expulsion. L'ennemi colle aux poils, embrouille l'écheveau des filasses qui s'en vont grossir les nœuds intrus. C'est comme si la bête vivait encore dans sa toison frisottante et repoussait l'ammoniaque. Qui d'ailleurs se retourne contre vous, vous prend à la gorge, vous envahit les sinus, les bronches. C'est la guerre.

J'ai eu soudain le sentiment étrange d'être observé. Il n'y avait pourtant personne autour de moi. Monsieur M. devait prendre le café avec monsieur Ezine en discutant de la prochaine battue, et depuis la fenêtre de la cuisine, où ma mère devait tourner en rond en se demandant quand tout cela finirait, ils ne pouvaient pas m'apercevoir. Je me suis remis à l'ouvrage. C'est alors que la barrière a frémi sur ses gonds. Je me suis retourné.

Ce qui m'a tout de suite frappé, c'est la taille de l'inconnu. Il était très grand et très mince, portait lunettes noires et feutre mou, pas du tout le genre des pèlerins qui passaient au large de la maison et s'arrêtaient pour demander quelque chose, leur chemin ou de l'eau pour leur gourde. Il n'a pas non plus cherché de prétexte pour m'aborder et je n'ai pas oublié la familiarité exotique de son discours. « Il faut convenir, mon garçon, que la propension du mouton à se chier dessus est réellement phénoménale. On ne le dirait pas vraiment, à voir l'animal sur pied. Mais dès qu'on l'examine en profondeur... C'est une anthologie ambulante de l'excrément. C'est à se demander si le bon Dieu lui a donné la laine pour dissimuler son abjection, ou au contraire pour la porter plus commodément. »

À ma surprise, monsieur M. est apparu à ce moment à la barrière. Je n'avais pas entendu son pas martial dans l'allée caillouteuse, c'était comme s'il venait de se matérialiser sur place. Il se dirigeait vers sa camionnette et lança en passant : « Le bon Dieu a un plan pour chacun de nous, mais il peut aussi en changer. » L'inconnu lui rétorqua : « Vous le croyez donc accessible au remords ? — Au nôtre, du moins », lui répondit monsieur M. avec esprit. Je n'en croyais pas mes oreilles. « Les voies du Seigneur sont comme cette toison, impénétrables », a conclu l'inconnu sur un ton dubitatif. Puis il a touché le bord de son feutre en guise de salut. Monsieur M. est reparti au volant de ses odeurs.

Je me suis retrouvé seul, agité de sentiments bizarres. La scène qui venait de se dérouler devant moi me semblait irréelle, plus irréelle encore que mes enfermements dans le chalet forestier ou mes excursions éperdues autour du château des Béquettes. Rien de ce qui venait de se passer n'était bien normal. Ni cet inconnu surgi de nulle part qui philosophait sur les mœurs ovines, ni les répliques de monsieur M. que je ne reconnaissais pas, comme si une voix étrangère avait parlé par la sienne et détourné ses afféteries, ne prenaient place dans le monde sensible où j'évoluais, même en y logeant mes petites hallucinations salutaires. Celles-là, j'en étais le maître, c'étaient des inventions que j'échafaudais à mon seul usage et dont je n'étais pas dupe, elles travaillaient à ma sauvegarde. Mais je n'étais pour rien dans ce que je venais d'entendre. Je me suis alors demandé si le bon Dieu avait aussi un plan pour moi.

C'est ainsi que la révélation m'en est venue, à cet instant même. On suppose toujours de la transcendance à cette sorte d'événement. Et la transcendance ne s'envisage qu'à travers un dépassement, une élévation. Or, les bras glacés jusqu'à l'os, j'étais occupé à la fiente, au suint et à l'alcali, et cette alchimie n'avait pas de motif plus altier que de garantir un confortable matelas aux nuits futures de monsieur Ezine, celles qu'il ne consacrerait pas à fracasser les nôtres. C'était cela, la réalité. Je berçais les sommeils de monsieur Ezine. Le bon Dieu s'est penché vers moi et il s'est incliné très bas, prosterné même car je n'étais encore qu'un enfant, et un enfant agenouillé devant des bassines, en plus. Il m'a soulevé doucement le menton de sa main libre (de l'autre, il imposait le silence au reste de la création). Est-ce que tu berces les sommeils de ton bourreau, maintenant ? m'a-t-il demandé. Oh, non, mon Dieu, je ne voudrais pas, ai-je répondu. C'est pourtant la réalité, m'a-t-il dit. Il faut donc bien que la réalité soit faussée. Il faut donc bien qu'elle soit aberrante ou grotesque, et par là mensongère, me fit savoir le bon Dieu ce jour-là (je cite de mémoire). Tu ferais mieux d'être attentif aux messages que je t'adresse tous les jours. Comment peut-on être sourd et aveugle à ce point ?

Je n'ai pas osé dire au bon Dieu qu'en fait, chaque fois qu'il me parlait, je savais bien que ce n'était que moi qui me parlais à moi en feignant de croire que c'était le bon Dieu. Mais tout de même, je me suis encouragé à laisser parler quiconque voulait bien parler en moi, puisque je ne pouvais rien attendre des autres. Même avec maman, qui avait les gestes et les belles manières, je ne pouvais rien espérer. Elle entretenait le secret, elle l'alimentait même, mais nos tête-à-tête n'étaient faits que de récitations. « Va plutôt me chercher ton livre de poèmes », me disait-elle, si je faisais état des curiosités que m'inspiraient certaines apparitions touchant la vie et la parenté de Jean-Louis Bunel, ou si je tentais de mettre à profit l'absence de monsieur Ezine pour arracher une confession. « Va plutôt me chercher ton livre de poèmes. » Sur la couverture de mon manuel, le poing dans la joue, Victor Hugo lui-même faisait sa pire tête de grognon à la seule idée d'entendre une fois encore *Booz endormi*. « Ce ne sont pas des histoires pour un enfant » était une autre des formules préférées de maman. Mais un fantôme veillait à mon chevet et hantait jusqu'à l'obsession mes nuits les plus douces. Un jour, maman m'avait mis dans la main, au lieu de la déposer dans ma penderie, une image pieuse. On y voyait un homme au regard très doux et à la barbe blanche toute carrée. La légende indiquait : *« Le père Brottier, fondateur des Orphelins d'Auteuil. »* Pauvre garçon, il faut donc tout t'expliquer, à toi, reprit le bon Dieu en soupirant. Et il entreprit de me raconter ce que je savais déjà. Tout à mes bassines encore, je lâchai le mouton. Je pris mon air le plus extasié. Je fis semblant de découvrir le rapport entre les manifestations aériennes qui transformaient tous les soirs ma chambre en grotte illuminée, l'espérance qui donne des ailes et la casquette d'aviateur tombée du ciel : comment avais-je pu ignorer une prémonition aussi bien orchestrée, qui pour le bon Dieu avait tout de même nécessité le double concours de sainte Thérèse, sa messagère céleste, et de maman, sa messagère terrestre ?

« Oh, non ! Mais que se passe-t-il ? Que t'est-il arrivé ? Tu es tout gelé… Réveille-toi donc, je t'en supplie ! » Maman m'a secoué si fort que ma tête a heurté le sol. Elle m'a trouvé au pied du lilas. On n'a jamais su si je m'étais endormi pour de bon ou si j'avais fait un malaise quelconque à l'ammoniaque. À mon réveil, le bon Dieu n'était plus là mais il n'était pas intervenu en vain : je n'ai plus jamais œuvré au repos de monsieur Ezine. Maman l'a fait hautement savoir à qui de droit. J'ai même été dispensé de certaines obligations de nature objectivement ingrate, telles que la récolte des bouses de vache, et la Bichette a fini son existence comme calèche d'apparat dans les contes de terrain vague. Au lieu de quoi, j'ai commencé d'aller en ville. Les magasins, les ateliers, les couvents même de Lisieux où j'allais distribuer mes rameaux de buis ou mes jonquilles élargirent mon périmètre.

J'allais lentement à l'abattoir, pour nous fournir en pains de glace. Cette lenteur était préméditée, car je savais que j'en reviendrais à la course, les épaules sciées et le dos dégoulinant. J'aidais au transport des légumes que ma mère allait vendre sur le marché, les samedis. Monsieur Ezine ne s'y montrait pas, c'était toujours ça. Bien vite, ma mère m'a proposé de rester à ses côtés, puis elle m'a

nommé titulaire de mes trois cageots de laitues.
« Tu les vends, l'argent est pour toi. Tu achèteras
des livres. »

Ce fut un éblouissement, ce contrat passé entre
nous. Depuis quelque temps déjà, j'avais découvert dans la petite librairie de Colette Hédou, rue
Pont-Mortain, à l'enseigne de la « Joie de connaître », un royaume plus enchanteur que ma forêt
silencieuse, et tout autant ensorcelé. La boutique
était aussi exiguë que mon chalet imaginaire, j'y
disparaissais entre les rayonnages débordants où
des vies, des fortunes, des occasions héroïques et
de grandioses destinées, parfois des malheurs exem-
plaires offraient leurs hypothèses rivales à ma flâ-
nerie. Je cherchais la vie qui m'irait le mieux. Celle
qui aurait la forme de ma pensée. Je la cherchais
pendant des heures. Je n'avais pas les moyens de
me tromper de destin et de revenir m'en acheter
un autre, en cas d'erreur. Accroupi ou debout sur
la pointe des pieds, les jarrets tendus, selon les
nécessités de la prospection, je pouvais entraver les
déambulations de la vraie clientèle pendant un
après-midi entier, m'effaçant à regret d'une allée
pour aller occuper une autre zone dont je n'avais
peut-être pas retenu toutes les richesses.

Jamais Colette Hédou ne s'est plainte de mes sta-
tionnements abusifs dans son labyrinthe. Si elle
constatait qu'on dérangeait trop souvent mon explo-
ration, elle me désignait au contraire un escabeau à
deux ou trois marches qui lui servait à atteindre les
ouvrages rangés sous le plafond : « Assieds-toi plutôt
là, tu seras bien mieux pour lire. » Des professeurs
venaient lui demander des conseils pour les pro-
grammes ou les prix de fin d'année. Il advint une ou

deux fois que le récipiendaire fût le témoin anonyme de son futur triomphe, dans son encoignure.

Au début, j'ai été un marchand de salades introverti, effacé. La laitue s'ennuyait dans mes cageots. Elle était pourtant belle, ma laitue, verte comme un lézard et pommée comme un coucher de soleil. Je voyais autour de moi des variétés défraîchies qui s'envolaient comme des danseuses sous les bras hâbleurs de camelots sans vergogne. J'ai observé. Il suffisait d'être du bon côté de l'étal pour posséder l'autorité. J'ai découvert la puissance d'une tribune, la vanité des harangues et des charmes. Je me suis documenté sur la laitue dans le Larousse en deux volumes de monsieur Bisson, mon maître du cours moyen. Je ne prétendais certes pas en remontrer au costaud tout en moustaches, mon vis-à-vis sur la place, qui lançait à la cantonade, à intervalles réguliers, de sa voix de stentor, la formule sacramentelle : « Regardez-moi cette belle frisée, qui n'attend que vos petits lardons ! » Je ne m'aventurais pas sur ce terrain, la concurrence était trop rude. Mais si quelqu'un se penchait sur mes caisses à claire-voie, je lui récitais ma leçon en confidence : « Ce sont des laitues romaines, ainsi nommées en hommage à l'empereur Dioclétien et cultivées dans son rite. Mais vous connaissez cette histoire, sans doute ? Non, vraiment pas ? Dioclétien a régné à Rome de 284 à 305. C'était un souverain énergique et intelligent, mais autoritaire à l'excès. Ce fut même un despote, il persécuta les chrétiens… »

Tantôt le chaland passait son chemin avec un air d'impatience, tantôt il levait dans ma direction un sourcil intrigué. Alors, je me lâchais : « Dégoûté du pouvoir dans sa vieillesse, à cause des révoltes que sa politique avait fait naître ici et là, il abdiqua avec solennité et se retira à Salone, en Dalmatie, le pays dont il était originaire. Or, il passait toutes ses journées dans son jardin, et montra autant de simplicité dans sa retraite qu'il avait affiché de cruauté pendant son règne. Son départ n'ayant pas apaisé les troubles, on vint le rechercher, on le supplia de revenir aux affaires. En pure perte. Et vous savez ce qu'il a dit aux émissaires? Il leur a dit : "J'ai plus de bonheur à cultiver mes salades que ne m'en a jamais donné la possession d'un empire." Et voyez-vous, ce mot est resté l'expression de la lassitude des hommes d'État. »

J'avais tout un catalogue de semblables histoires, pour la batavia, la scarole, la trévise ou la roquette. Un jour, une élégante a mis une romaine dans son cabas, et m'a dit : « Tiens, voilà une pièce pour ma salade. » Puis elle m'a tendu un billet : « Et voici pour les tiennes. » Mon commerce prenant du volume, on me dota d'un vieux vélo trouvé à la décharge, auquel monsieur Jean, un jardinier chenu qui ne savait comment se rendre aimable à ma mère, arrima une petite remorque. Les jours de marché, j'y entassais le fardeau léger de mes spirituelles salades et je dévalais l'avenue de la basilique.

C'est dans cet équipage qu'à quelque temps de là j'ai débarqué à l'improviste, chez ma grand-mère Jeanne, après vingt-cinq kilomètres d'une navigation préméditée à la hâte, sur la carte routière d'un pèlerin complaisant. C'était au commencement de l'été. Jeanne occupait avec son mari Léon une jolie masure en torchis, charpentée de colombages, près du Mont Saint-Léger, dans les alentours de Pont-l'Évêque. Elle était isolée entre bois et prairie. C'est là qu'allait se produire l'événement que je n'espérais plus. Dans la remorque, j'avais déposé un bagage pour plusieurs semaines. Ce qu'il y avait et qu'il faut dire, c'est que maman n'était pas au mieux, chez nous, à Lisieux. Monsieur Ezine était absent. Comment le docteur s'est-il retrouvé là ? Il m'a demandé si je pouvais lui trouver une cuvette dans la maison. Il a fait vomir maman et a prononcé le mot « barbiturique ». Il m'a demandé à brûle-pourpoint si j'avais de la famille. Sa question m'a surpris. J'ai répondu : « Oui, monsieur, j'ai celle-là. » Il a précisé : « Non, je veux dire, en dehors. Tu n'as pas des tantes, des cousins que tu vois en vacances ? » C'est alors que j'ai parlé de Grand-mère, la mère de maman. On m'avait conduit jusqu'à elle quelquefois. J'aimais beaucoup Grand-mère. Dans le temps, elle s'était appelée Bunel, comme moi. C'est même Grand-mère qui avait été me déclarer à la mairie quand je suis né, à Cabourg.

La maison de Jeanne et de Léon était toute petite mais l'unique pièce s'agrandissait le soir par les ombres gigantesques que la lampe à pétrole y découpait sur les murs. Le lit de Jeanne et de Léon occupait un retrait dans l'angle opposé à l'entrée. Je le trouvais majestueux car il était installé sur une estrade et on y accédait par un escabeau. Je dormais à la cave, où je descendais une bougie à la main. Elle sentait l'ail, le bois humide, la toile de jute, le papier journal. Je m'y sentais bien. Des piles d'*Ouest France*, ficelées à la diable, archivaient pour d'improbables lecteurs les noms de Louison Bobet et de René Coty.

Léon était un rude mais j'aimais bien l'odeur de ses feux. Il parlait fort, étant revenu sourd de la

Grande Guerre, et d'une voix rauque, toute cassée, à cause des gaz. Jeanne, de ce fait, devait aussi lui parler fort pour se faire comprendre et comme elle n'avait que lui à qui parler d'ordinaire, elle avait pris l'habitude de parler fort à tout le monde et tout le monde la pensait sourde. Peut-être même l'était-elle devenue, par une sorte de lassitude ou de compassion. Elle disait que les souffrances morales sont encore plus contagieuses que la peste sur cette terre.

Certains soirs, quand Léon brandissait un couteau de cuisine et racontait les tranchées de sa voix d'outre-tombe, menacé d'être poignardé à tout moment par son ombre, tandis qu'à la fenêtre la nuit rougeoyait des incendies qu'allumaient à l'horizon les hauts-fourneaux du Havre, je pouvais croire que la guerre continuait et Grand-mère devait s'employer pour obtenir de « laisser le loupiot manger en paix ». Nous étions peut-être tous un peu fous mais la cuiller tenait debout dans les soupes de Grand-mère et je me laissais envahir par une peur bien douce. Jeanne décréta bientôt que j'étais un meilleur jardinier que Léon. Il fut bouté hors de mes plates-bandes. On l'envoya garder les chèvres, qui étaient au nombre de trois et il fit semblant de s'en trouver humilié. Pendant deux mois, mon carré de choux fut un sanctuaire.

Dans la journée, j'allais à l'aventure à travers le bois du Mont Saint-Léger où je tombai bientôt, au débouché d'une clairière, sur une sorte de castel en déshérence, une miniature au toit plat où le lierre s'infiltrait par les jours et les crevasses. Des douilles, des cartouches vides traînaient sur le sol. Des traces de feux noircissaient le carrelage de toutes parts. Le pavillon, auquel le délabrement donnait un certain cachet, se prolongeait d'une terrasse dont la courbe élégante épousait un bassin en demi-lune. Au milieu des débris de branches et de feuilles qui jonchaient le fond asséché de l'ouvrage, un nénuphar posait sa tête blanche sur la dernière flaque d'eau, indifférent à la ruine qui l'environnait. Il était absurde et magnifique dans cette désolation. Je ne sais pas pourquoi, j'ai pensé à maman. Près d'une vasque renversée qui dégueulait un tuf boueux, un panonceau de bois auquel on avait donné la forme d'un écu armorial énonçait avec emphase : « *Nymphéacées* ». Le mot m'a frappé par sa splendeur étrange et sonore, j'y entendais le froissement des papiers de soie quand je tournais les pages de mon herbier. J'ai arraché le lotus à sa méditation, en tirant bien sur le rhizome pour en dégager la plus grande longueur. C'était ma première nymphéacée.

Au retour, je pavoisai comme si j'avais posé le pied dans un monde nouveau, et j'exhibai mon butin avec la fierté de l'explorateur rapportant dans ses cales une plante inconnue. Mais Léon roulait ses yeux de guerre et accueillit mon récit avec des grognements affligés : il ne faisait pas bon rôder dans les parages, une rumeur courait dans le pays selon quoi l'ancien parc et les vestiges de la maison de plaisance étaient hantés. C'était autrefois le rendez-vous de chasse d'un grand bourgeois mais il y avait eu un drame, il y avait bien des années. « Si ta mère était là, elle te le dirait bien, elle y faisait des extras quand vous étiez aux Béquettes, à Houlgate. » Il y eut un silence, que les six coups de l'horloge à cylindre traversèrent comme des balles.

« Bon, ça n'est pas bientôt fini, Léon ? Tu as encore besoin de faire peur au loupiot ? » Jeanne a rabroué Léon pour la forme mais j'ai bien senti que ces histoires de fantômes la tenaient en respect.

C'est le lendemain qu'eut lieu la péripétie qui allait m'occuper si longtemps. Jeanne et Léon m'avaient donné les chèvres à garder, pour m'empêcher peut-être d'aller déranger les fantômes du Mont Saint-Léger. Grand-mère a enfourché sa bicyclette et je l'ai regardée descendre le chemin caillouteux vers la laiterie. Les timbales vides bringuebalant dans les cahots faisaient un bruit de cloche à vache. Grand-père taillait une haie. Il s'est mis à pleuvoir doucement. C'était un de ces crachins silencieux mais têtus, qui vous attrapent et vous enveloppent comme un filet de rétiaire. Grand-père m'a dit de rentrer les chèvres et de me mettre à l'abri. Je me suis replié à la cave, où j'aimais lire auprès d'un soupirail, pour la lumière qu'il donnait mais aussi parce qu'on s'y trouvait comme dans une cachette, au ras du monde. De là, j'ai entendu Grand-mère rentrer. « Eh bien, me voilà rincée », a-t-elle commencé de sa voix forte avant de hausser encore le ton pour alerter Léon sur une nouvelle d'importance.

« Quand on parle du loup, il sort du bois ! Voilà que j'ai croisé monsieur Robert ! »

Léon fit répéter.

« Robert Demaine, je te dis, le père du loupiot. Je l'ai vu en bas, à Tourville, il allait sur Saint-Gatien. »

Léon fit à nouveau répéter :

« Monsieur Robert, tu dis ? Robert Demaine ? Et il t'a parlé à toi ?

— Pour sûr ! Comment je saurais tout ça, s'il ne m'avait pas parlé ?

— Mais tout ça, quoi ?

— Eh bien, pardi, il fait la ligne ! Mais pas un mot au loupiot, tu sais bien.

— Si je le sais ! »

Le loupiot, c'était moi, c'était bien moi, ça ne pouvait être que moi. Chaque fois qu'elle m'entretenait des duretés de l'existence, qui étaient son sujet habituel, Grand-mère ponctuait son récit avec cette expression, qu'elle lâchait dans un soupir d'agonie, telle une cantatrice au tomber du rideau : « Mon pauvre loupiot… » C'était la formule qui marquait la fin de l'histoire. La vie était un enchaînement de mystères fâcheux qui aboutissaient tous à ce pauvre loupiot, séquelle malheureuse et fatale des avanies qui le préméditaient. C'était moi. Et donc, c'était bien mon père dont on venait de crier le nom à mes oreilles. Je n'avais pas perdu un mot de l'ébouriffant dialogue de Jeanne et de Léon.

Le nom prodigieux a valsé dans ma tête. Il dansait, il sautait, il courait dans tous les sens. Robert Demaine ! Robert Demaine ! Bizarrement, j'ai eu tout de suite peur de l'oublier. J'ai eu peur qu'il ne retourne à la nuit. J'ai toujours craint pour les choses importantes. La perte, l'oubli, l'irréparable silence où tout retourne toujours. Le silence est si vaste et nos vies si petites, si petites qu'à quelques pas de nous, de nous qu'elles agitent parfois à en hurler, elles ne sont plus qu'un murmure que personne n'entend. Robert Demaine ! J'ai approché ma tête du soupirail, j'aurais voulu avaler tout l'air du ciel, crier le nom. Robert Demaine ! Je suis ici, Robert Demaine !

Il m'a fallu tout de suite écrire le nom que je ne voulais plus perdre, le nom qu'un jour je ferais mien. Qui était le mien, déjà, celui que j'aurais dû porter. Tu vas me donner ton nom, dis, Robert Demaine! Mais j'étais dans une cave, sans rien pour écrire. Mon père m'avait rejoint dans une cave. Il allait donc m'en délivrer. Un bonheur panique m'a envahi d'un coup. Il me semblait que le courant d'air allait tout emporter, que le nom allait s'envoler par le soupirail et ne jamais revenir. Robert Demaine! J'ai avisé une cisaille rouillée qui pendait par un clou au mur, près de l'entrée, et j'ai commencé à découper sauvagement mon patronyme clandestin dans les titres d'un vieux numéro jauni d'*Ouest France*, mais était-ce Robert Demaine ou Robert de Maine et n'était-ce pas plutôt Robert Dumaine, ou Domaine après tout? À l'incertitude concernant la graphie s'ajoutait le risque que mes confettis imprimés ne se dispersent au premier vent. J'ai fini par dénicher le pot de glu que Léon utilise pour prendre les oiseaux qui lui disputent son cerisier. Et j'ai collé le nom de mon père à mon chevet, sur le mur même de la cave. On aurait dit une lettre anonyme. Sauf qu'elle ne l'était plus.

Je n'ai eu de cesse dans les jours suivants de soulager Grand-mère des emplettes qu'elle allait régulièrement effectuer à bicyclette, dans ce petit bazar, en réalité un café-épicerie-tabac, où elle avait dû rencontrer mon père, au bas de la côte de Tourville-en-Auge. Elle a seulement tenu à me passer son vélo qui lui semblait plus sûr que le mien. Je connaissais l'endroit, où la route dégringole dans une cuvette profonde avant de remonter de façon tout aussi abrupte vers Honfleur. J'ai fait le guet, bien des fois, pour une pelote de ficelle, un lot de bougies ou une boîte d'allumettes. Et bientôt, pour rien du tout. Je n'ai jamais vu personne qui aurait pu porter de façon crédible le nom glorieux de Robert Demaine.

Il n'y avait là que ce méchant commerce, qui sentait la gnôle et le pétrole domestique, et puis plus rien, deux ou trois maisons sans vie, et qui s'obstinaient, volets clos, tout contre la route. De loin en loin, un autocar crème à liserés verts des Courriers normands marquait un arrêt et faisait vibrer sur sa calandre une paire d'ailes stylisées. Des camions renâclaient, à l'entame de la côte. Les puissants Berliet avalaient la pente et crachaient des gravillons dans les fossés. Ils allaient vers les ports de l'estuaire tout proche, ou en revenaient, transportaient des tonneaux de chêne, des planches, des citernes ou, sous les bâches, des alignements de soldats. Mais le café du bord de la route, presque toujours désert, ne semblait accueillir qu'un rituel furtif d'habitués, un carré de beloteurs silencieux que le chauffeur de la laiterie, celui dont j'admirais le vaillant petit Citroën chargé de bidons étincelants, saluait toujours d'un sonore : « Messieurs, vous avez bien le bonjour ! », qui était presque incongru dans cette atmosphère tombale.

Après huit jours de factions stériles, je me suis décidé. J'ai acheté la carte Michelin du Calvados et en recueillant ma monnaie à la caisse de l'épicerie, j'ai posé la question que j'avais depuis longtemps préparée : « Pardon, madame, est-ce que vous connaîtriez par ici un aviateur qui fait la ligne ? » L'épicière me regarda d'une curieuse façon et répéta comme pour elle-même, d'un air incrédule :

« Un aviateur qui fait la ligne ? » Puis elle se tourna vers le comptoir. « Raymond ? Tu connais, toi, un aviateur qui fait la ligne ? » Le dénommé Raymond suspendit un court instant ses essuyages, et délibéra avec méthode : « Quelle ligne ? De toute façon, je ne connais pas d'aviateur. Pour ça, il faut aller à l'aérodrome, là-haut, sur le plateau, à Saint-Gatien. »

Pendant que j'y étais, avec une audace dont je n'aurais pas été capable si elle avait été réfléchie, j'ai lancé le nom à la cantonade. « Nous cherchons un monsieur Demaine, Robert Demaine. » J'avais dit « nous » sans réfléchir non plus, pour ne pas intriguer davantage, pour agréger je ne sais quelle autorité invisible à ma quête. J'ai eu d'un seul coup le sentiment d'avoir enfreint la règle, je n'aurais pas su dire quelle règle au juste, celle, sans doute, qui tenait mes jours et dont je recevais tout, mes devoirs, la façon de me tenir et de parler aux adultes, et jusqu'à l'air que je respirais. Le nom a résonné dans ma tête avec un bruit énorme et c'est pourtant moi qui venais de le prononcer. C'est comme si j'avais laissé brusquement tomber un fardeau dont j'aurais eu la charge et que je n'avais pas le droit de déposer. J'ai pris conscience alors d'un fait que je ne m'étais jamais représenté : je ne connaissais pas Robert Demaine. Jamais je ne m'étais imaginé que je ne reconnaîtrais pas mon père si je venais à le croiser.

Les joueurs de cartes n'ont pas frémi plus que si le laitier les avait honorés de son bonsoir. Ils se sont tournés vers moi, mais sans manifester aucune curiosité et se sont reconcentrés sur la partie. « Non, ce nom-là ne me dit rien, a réitéré monsieur

Raymond. Comme je te disais, je ne connais pas d'aviateur. Pour ça, je ne vois que Saint-Gatien. Alors, hein, tu lui dis bien à ton père si c'est lui qui t'envoie, ou à celui qui conduit la voiture. Saint-Gatien-des-Bois. Pas besoin de la carte. Il prend la direction d'Honfleur, puis il tourne à main gauche à la première intersection. Et c'est tout de suite là, à six kilomètres. »

J'ai repris le vélo et je suis rentré chez Jeanne et Léon, en rêvant à l'excursion que je me promettais de faire à la première occasion. Je ne leur ai rien dit de mon projet. Mais il s'est mis à pleuvoir tous les jours. Je ne quittais plus la maison que pour aller chercher le lait, sous l'imperméable à capuchon de ma grand-mère. Il faisait sombre à midi et Grand-père allumait à regret la lampe à pétrole en blâmant notre consommation de mèches. Au jardin, les choux inviolables continuaient de monter sur leurs tiges. Ils étaient hauts et droits comme les guerriers massaï de mon livre de géographie et Grand-mère disait en riant fort qu'ils feraient un bon fourrage pour les animaux. S'il y avait une éclaircie, j'allais promener les chèvres. Léon frappait ses sabots contre l'ancien chenet qui rouillait dehors et qui avait connu, paraît-il, la cheminée d'un baron. Puis il scrutait l'horizon et prédisait : « Quand c'est voilé comme ça sur la rade, c'est que ça va se lever. » Mais ça ne se levait pas. Dans mon sous-sol, la nymphéacée que j'avais mise à sécher commença de pourrir et un morceau de mon œuvre pariétale se décolla. Je lus curieusement : « *Robert Demain.* »

3

Engendreries

Je ne suis pas allé à Saint-Gatien-des-Bois. Je n'en ai connu cet été-là que le long rectangle jaune qui marquait l'emplacement de l'aérodrome sur la carte Michelin, une piste au milieu des taches vertes de la forêt, face à la mer toute proche, toute bleue, deux kilomètres peut-être à vol d'oiseau. Les vacances scolaires tiraient à leur fin, Grand-mère se soucia de mon retour à Lisieux. Au premier jour sans nuage, mon bagage fut installé dans la remorque, où je logeai aussi mon languissant nénuphar et quelques choux pour mes lapins. Jeanne a soupiré une fois encore : « Mon pauvre loupiot », j'ai embrassé la joue rugueuse de Léon et j'ai pris la même route qu'à l'aller, par Pont-l'Évêque et Coquainvilliers, le long de la Touques qui sinuait entre deux rangées de saules courts et obtus.

Je ne sais pas pourquoi j'ai pensé à Cancane sur la route, et pensant à Cancane, je ne savais pas à qui je pensais, c'était une sensation étrange. Cancane se résumait pour moi à une silhouette blanche que j'appelais dans un cri, un rêve que je faisais quelquefois, une scène inconnue et familière à la fois et que peuplaient aussi les cris des mouettes.

Dans mon rêve, personne ne m'entendait à cause du vacarme des mouettes rieuses. Moi-même je ne m'entendais pas crier. Mon cri me rentrait dans la gorge, avec l'air du large si envahissant que j'en suffoquais. Qu'est-ce qui m'attendait à Lisieux ? Dans la plaine qui s'étire au pied du château de Betteville, le long de la départementale 48, et plus loin dans les replis du Breuil et de Saint-Hymer, j'ai vu des mouettes par centaines, posées dans l'herbe comme on les voit parfois sur la mer, se laissant bercer par la vague. Ce sont peut-être les mouettes qui m'ont fait penser à Cancane.

Je serais bien en peine de dire pourquoi j'ai de ce jour associé ce paysage de prairies humides à mon introuvable paradis, quand aucun souvenir originel ne m'y attache. Je sais seulement que cette illusion est née de ce voyage, et qu'il me suffit de le refaire pour la retrouver, merveilleuse et vaine. Dès cet aller-retour à bicyclette (si l'on peut appeler bicyclette la ferraille roulante que je chevauchais), j'ai su que cette vallée respirait à mon rythme, qu'elle embrassait un volume d'univers exactement proportionné à mon aspiration, et qu'elle pourrait absorber sans effort les états les plus lamentables de mon esprit.

Combien de fois suis-je allé consulter mes vieux saules, mes vieux oracles sombres et tourmentés, penchés avec leurs arguties de docteurs au-dessus du temps qui coule et de la vie qui s'en va ? Ceux-là n'étaient pourtant que de vagues cousins du pleureur de Musset dont maman flattait la pâleur « *douce et chère* » quand elle m'en faisait la lecture. Maman aurait voulu que je fasse poète. Elle m'avait même donné un cahier pour que je le remplisse des poèmes que j'écrirais pour elle. Il n'y en eut pas beaucoup.

J'ai fait mille fois cette route sans jamais comprendre rien aux consolations et aux soulagements indicibles qu'elle m'apportait. On finit par accrocher là-dessus des superstitions : la départementale porte un numéro qui est comme par hasard celui de votre année de naissance. Ou bien c'est un chemin qui vous appelle aux abords de Coquainvilliers, un simple frissonnement de feuilles qui vous fait tourner la tête. On se dit qu'un jour on y entrera pour lui confier ses secrets, et qu'il saura les conserver puisqu'un panneau indique « *Chemin des engendreries* ». Engendrerie, ce pourrait être un joli nom pour une famille, quand il n'y a pas de famille. Chez nous, on s'engendre, on ne se connaît pas. Étranger, familier, c'est tout un. Chez nous, quand ça se tait, il faut avoir l'oreille fine pour distinguer la pudeur de l'indifférence. Aujourd'hui encore, j'ignore quelle sorte de relations et de sentiments par exemple ont pu entretenir monsieur Ezine et la fille qu'il a eue de ma mère, et qui fut tôt placée chez les sœurs. Comment Élisabeth a-t-elle grandi et vécu, dans ces années? Si la peur, la haine et le manque qui se partageaient tout mon esprit m'avaient laissé la moindre curiosité à cet égard, je crois que je n'aurais pas su si je devais l'envier de connaître son père ou la plaindre d'avoir celui-là.

Ce qui m'attendait à Lisieux ne m'y attendait justement pas, s'il s'agit de laisser supposer par là qu'une situation nouvelle, impliquant certains personnages qui en auraient été les témoins ou les acteurs, se serait dévoilée à moi de façon tardive. Ce qui m'attendait à Lisieux, plus qu'une révélation différée ou qu'un défi à l'idée de l'attente, en était la réfutation même : rien ni personne. Le temps lui-même ne m'avait pas attendu. J'ai éprouvé ce vertige impensable d'être d'un seul coup largué du monde. Renvoyé au néant. L'incompréhension, ce n'est pas tant de découvrir un événement après qu'il a eu lieu. C'est de découvrir que cet événement a tout emporté avec lui, le temps, l'espace, l'univers sensible, le monde en somme dont vous étiez, si peu que ce fût, partie prenante. C'était comme si mon histoire ne m'appartenait même plus et que j'en étais devenu le spectateur inutile. Les terrains vagues autour du plateau Saint-Jacques, peuplés à l'ordinaire des jeux et des cris des enfants, étaient déserts, ce qui m'a intrigué jusqu'au malaise. J'ai eu un étrange pressentiment en arrivant devant la maison. On n'entendait aucun bruit. Je suis d'abord allé voir si la moto était là, ce qui n'était pour moi qu'une façon de me préparer à la présence éventuelle de monsieur Ezine. Elle n'y était pas. Je suis entré dans la maison sans raser les murs, j'ai cherché maman, elle n'y était pas. Elle pouvait être en ville, à ses courses ou à ses ménages. Je me suis alors rendu compte que Lady n'était pas dans son chenil et que les clapiers avaient été vidés. Quand la nuit est tombée, j'ai su qu'il était arrivé quelque chose. Monsieur Ezine était au diable et maman dans son enfer. Mais c'était quoi l'enfer, à présent ? C'était où ?

Pour la première fois, je n'ai pas guetté le retour de la moto, je n'ai pas attendu le moment où je l'entendrais pétarader dans la forêt du Rathouin. Pour la première fois j'ai craint davantage que le retour de monsieur Ezine le non-retour de ma mère.

Le pire, c'était s'il rentrait, et elle pas. D'un côté, je ne pourrais pas l'ignorer, lui, si je voulais prendre des nouvelles de ma mère, et nous serions dans l'obligation d'échanger des paroles à son sujet. De l'autre, c'était impossible, même dans cette circonstance. Je me suis dit : tu sauras bien assez tôt ce que tu ignores et à quoi de toute manière tu ne pourras rien changer. Je n'ai pas fermé l'œil de la nuit. Le matin, j'ai compris que personne ne viendrait.

J'ai compris aussi que l'école avait recommencé et que j'étais à la rue. J'ai pensé retourner chez Grand-mère, mais elle ne pouvait rien pour moi. Elle aurait soupiré : « Mon pauvre loupiot », en passant la bassinoire dans son lit majestueux car il s'était mis à faire soudainement froid. Elle m'aurait donné une brique chaude pour le mien, enveloppée de papier journal. Je t'aime, Grand-mère. Je suis descendu dans la ville et je me suis rendu à l'école Jules-Ferry. J'ai franchi la grille d'entrée, traversé la cour déserte et silencieuse devant le lourd bâtiment, longé le préau, la rangée de marronniers, la chapelle. J'avais l'impression que toutes les fenêtres me regardaient. J'étais submergé par la honte. Tous les élèves étaient en classe, et je n'y étais pas. Il n'y avait plus de place pour moi sous la férule des maîtres. J'étais un passager clandestin qu'on allait refouler, un paria qui allait mendier une place à laquelle il n'avait plus droit, j'étais un banni de ce genre, un déclassé précisément. Mon école non plus ne pouvait rien pour moi puisqu'elle n'allait pas au-delà du cours moyen que je venais de terminer.

Je suis monté au premier étage par le grand escalier qui sentait l'encre et le bois ciré. J'ai frappé à la porte de ma classe, enfin celle qui avait été ma classe, la dernière avant plus rien. On ne m'a d'abord pas entendu, j'ai dû frapper plus fort. J'ai attendu encore. J'allais faire demi-tour, après tout Grand-mère m'ouvrirait, quand monsieur Bisson est apparu. Pour la première fois j'ai soutenu son regard affligé de strabisme : « Mais qu'est-ce que tu fais là ? Voyons, tu passes en sixième ! Tu t'es trompé, mon petit ! C'est fini pour toi, Jules-Ferry ! » J'ai répondu : « Je ne me suis pas trompé, monsieur. »

L'instituteur m'a considéré un moment en triturant les revers de sa blouse grise. Il semblait chercher sur moi une réponse à une question qu'il se posait. « Attends-moi », m'a-t-il dit enfin. Il est rentré dans la classe qui bourdonnait, a imposé le silence, donné une consigne et les têtes se sont penchées sur les tables. Puis il est sorti. Il avait ôté sa blouse et enfilé sa veste de ville. « Suis-moi, mon petit. » Nous n'avons pas parlé et je me suis demandé où il m'emmenait. Nous avons rejoint le bureau du directeur, au rez-de-chaussée, tout au bout de la galerie. J'ai reconnu le grand portrait de Jules Ferry, avec les favoris foisonnants et le nœud papillon, la bibliothèque fermée à clef, la vitrine des mollusques où régnait dans son écrin de velours une conque marine évasée comme une trompette de cavalerie. Le directeur était occupé à ouvrir et fermer des tiroirs. Je le savais à la fois sévère et impatient, pour avoir déjà comparu devant lui en audience singulière, quelques mois plus tôt. J'avais été désigné pour réciter un poème lors de la distribution solennelle des prix, sur la scène du théâtre municipal. L'œuvre choisie était *La Ballade de Flo-*

rentin Prunier, une élégie de Georges Duhamel, que j'avais dû apprendre par cœur et réciter une toute première fois, pour le directeur seul, dans ce bureau. Les élégies sont toujours douloureuses mais cette répétition m'avait laissé les mains moites.

Je les ai croisées dans mon dos comme si le supplice allait recommencer, tandis que monsieur Bisson expliquait la situation au directeur. Comme je m'en souvenais !

Il a résisté pendant vingt longs jours
Et sa mère était à côté de lui

Il a résisté, Florentin Prunier,
Car sa mère ne veut pas qu'il meure…

Le directeur a fait sortir un dossier par la secrétaire, ils ont devisé tous les trois à propos d'un courrier resté sans réponse malgré deux relances. La commission avait tenté de convaincre monsieur et madame Ezine de laisser leur fils poursuivre ses études, en vain semblait-il, mais il fallait en avoir le cœur net. Peut-être après tout l'avaient-ils inscrit quelque part ? Ou peut-être que non, d'ailleurs ? Mais alors, dans les deux hypothèses, qu'est-ce que je faisais là ? Ils m'ont regardé tous les trois sans comprendre et le directeur a répété qu'il fallait en avoir le cœur net. « Tu vas me conduire chez toi », m'a-t-il dit.

Il s'est installé au volant de sa voiture, je me suis assis à ses côtés et je lui ai indiqué les routes. Je me souviens de mon trouble. Je n'avais pas l'habitude des autos et je trouvais incongru d'enjoindre à un directeur d'aller tout droit ou de tourner à gauche, alors je faisais des phrases mais il conduisait trop vite pour que je puisse les terminer à temps. Je nous ai fait ainsi manquer le bas de la côte du Chien et le rond-point de la rue du Canada, et nous avons dû faire deux fois demi-tour. J'étais d'autant plus embarrassé que le directeur, quant à lui, n'avait plus ouvert la bouche depuis que nous étions seuls, comme tout à l'heure monsieur Bisson quand il avait refermé la porte de sa classe et descendu l'escalier.

Je ne pouvais pas m'empêcher non plus de penser à Florentin Prunier, au tête-à-tête du poilu agonisant et de sa mère accourue à son chevet, avec ses douze pommes et son petit pot de beurre frais. Maman, si fière de l'honneur qui m'était fait, m'avait fait répéter elle aussi, autant que l'exigeait le prestige d'une telle cérémonie. Et quand elle avait appris que je passerais une audition chez le directeur, nous avions mis les bouchées doubles. Elle avait insisté sur la forte expression que je devais donner à l'amour maternel, qui gouvernait toute cette plainte. Le directeur l'avait-il ressenti dans ma récitation ? Il avait jugé que c'était bien, pas mal du tout, mais que je ne marquais pas assez l'amour filial, je devais travailler dans ce sens ; c'était là le fil rouge du poème, le héros était ce soldat blessé, Florentin, qui attendait pour mourir que sa mère épuisée s'endormît, au tout dernier vers.

Et il y en avait cinquante et un. Je ne savais plus où donner de l'amour. Ce qui m'avait troublé aussi, c'est qu'en vingt longs jours *« le beurre a jauni dans son petit pot »*. Il arrivait aussi que le beurre rancît à la maison, malgré les pains de glace, mais depuis l'agonie de Florentin, je ne pouvais plus

m'empêcher d'associer ce phénomène à une prémonition mortelle.

J'ai remarqué l'hésitation du directeur, après
qu'il eut frappé, plusieurs fois. « Vous pouvez entrer, monsieur, il n'y a pas de clef, la maison ne
ferme pas. » J'étais dans son dos, il s'est effacé pour
me laisser passer. J'ai poussé la porte, je ne savais
pas ce qu'il voulait voir. Il a jeté un coup d'œil
circulaire sans quitter le seuil et m'a demandé de
vérifier qu'il n'y avait personne de malade à la maison. Je suis allé voir parce qu'il me le demandait mais je savais bien qu'il n'y avait pas âme qui
vive.

Puis nous sommes repartis à l'école et il ne disait
toujours rien. Il m'a laissé dans le bureau de la
secrétaire et s'est enfermé dans le sien. Il a téléphoné à plusieurs reprises, on entendait sa voix à
travers le mur. C'était long, la secrétaire a fini par
me désigner une chaise et elle m'a tendu pour
patienter un inventaire en couleurs des papillons
du monde. Je l'ai feuilleté pour avoir l'air de m'in-
téresser mais je n'arrivais pas à fixer mon attention. Je me rappelle pourtant y avoir lu que certains
spécimens ont une vie si courte qu'ils n'ont aucun
organe de nutrition, et aussi que certains papillons
nocturnes peuvent très bien voler en plein jour. La
porte s'est enfin ouverte et le directeur m'a invité à
le rejoindre. Il avait l'air ennuyé. Il m'a fait asseoir.
« Ne t'inquiète pas pour ta maman. Elle n'est plus
à l'hôpital, mais tu peux être rassuré, elle est très
bien soignée. » L'hôpital ? Et avant que j'aie eu le
temps de me faire à l'idée, il a ajouté : « Elle est à
Caen, au Bon Sauveur à présent, tu peux être
tranquille. » Le Bon Sauveur ?

Le directeur s'est levé de son bureau, a pris une chaise qui était adossée au mur et l'a posée à mes côtés. Il s'est assis tout près de moi et m'a dit : « Écoute-moi bien, nous allons retourner chez toi. Tu as des affaires, dans ta maison, là-haut, je veux dire des vêtements, d'autres chaussures ? Bon. Tu vas prendre tes vêtements, le plus de vêtements que tu puisses emporter, d'accord ? » Le directeur a penché le buste en avant comme s'il allait me faire une confidence. « J'ai trouvé une classe de sixième pour toi, loin de la ville, dans une école qui veut bien t'accueillir. Tu y resteras en pension, tu comprends ? J'ai eu le directeur au téléphone, il nous attend. Il faut que tu saches une chose, mon garçon : nous n'avons absolument pas le droit, nous n'avons pas l'autorité pour faire ça. Alors il faut que tu le veuilles aussi. L'autorité, c'est les parents, et les tiens, pour autant qu'on sache, veulent te retirer de l'école. Mais avec ta mère malade et ton père aux abonnés absents, on va jouer sur la carence. Si ça marche et que tu travailles bien, mais ça, je n'en doute pas, tu as quatre années tranquilles devant toi. » Il s'est levé. Le soleil faisait briller des nacres, dans l'armoire aux mollusques.

Quand nous sommes revenus à la maison, le directeur, cette fois, n'est pas entré. Il m'a dit de faire ma valise, de ne rien oublier dont je pourrais avoir besoin, de prendre le temps qu'il fallait et il est resté dans sa voiture. Je suis allé décrocher dans la remise un sac de marin qui servait au transport du foin et qui n'était à personne. J'ai évacué ma penderie et j'ai presque tout mis dans le sac. J'ai emporté aussi mon herbier, ma casquette d'aviateur, la chemise de mon père, la carte postale du château des Béquettes, le mouchoir brodé de Jean-Louis Bunel et même son scalp de boucles anglaises.

Au moment où j'allais tirer le rideau sur mon enfance, j'ai aperçu le portefeuille de maman, logé dans la petite corbeille de rotin où je rangeais mes crayons. Il fallait qu'elle l'y eût caché, elle ne s'en séparait jamais. C'était un portefeuille en peau de reptile dont le toucher rugueux et l'odeur musquée me faisaient frissonner d'aise, et dont lui avait fait cadeau un éminent bourgeois chez qui elle faisait des ménages, un ingénieur qui avait longtemps fabriqué des radiateurs d'automobiles en Afrique avant d'en être chassé par une révolution. Il ne contenait ni argent ni papiers, et on l'avait vidé aussi des images pieuses du père Brottier et de sainte Thérèse que j'y avais si souvent aperçues, mais un compartiment laissait dépasser deux ou trois photographies d'un petit format que je n'ai pas examinées et un vieux ticket de transport au dos duquel j'ai lu : « *Je t'ai tout donné.* » J'ai reconnu l'écriture de maman.

Pendant le trajet, en voiture, le directeur m'a posé des questions. Je lui ai dit que mon père n'était pas mon père et il a répondu qu'il s'en doutait. Puis le silence est revenu et j'ai regardé les champs. Il pleuvait. J'étais assis à l'arrière et j'en ai profité pour ouvrir discrètement le portefeuille. Ce fut le choc. Tout de suite j'ai vu mon père, le vrai. Oh, ce fut une vision si fugace… C'était la toute première fois. Jamais encore il ne s'était montré, jamais je ne l'avais vu depuis la disparition de Jean-Louis Bunel. J'ai aussitôt replié le portefeuille, comme si j'étais en faute et qu'on risquait de me prendre. Nous étions ensemble. Sur la photo, nous étions ensemble, j'étais dans ses jambes, ça m'a sauté aux yeux. Pourquoi aujourd'hui? Pourquoi maintenant? Je n'en revenais pas, c'était incroyable. Ma vie était toute chambardée et le jour où elle m'emportait Dieu savait où, mon père m'apparaissait. Nous étions ensemble sur la photo et nous l'étions dans cette voiture.

Depuis ce moment invraisemblable, je n'ai plus cessé de croire aux fantômes ni de leur parler quand vivre fait peur. Lorsque nous sommes entrés dans Livarot, entre la cidrerie Purpom qui sentait le moût et la gare de fret déserte, une éclaircie a découpé aux ciseaux le meilleur des mondes qui fût jamais. L'après-midi tirait à sa fin et le directeur du collège nous a accueillis sur le perron. Il était haut et mince et avec son costume gris, sa raie sur le côté et son menton altier il m'a fait penser au général de Gaulle. Les deux directeurs ont eu un aparté et j'ai patienté dans un couloir qui sentait la soupe et le cirage. Le soir, le général de Gaulle m'a présenté à l'étude des pensionnaires et il a demandé : « Qui pourrait prêter un livre à votre nouveau camarade? » Des mains se sont tendues, j'ai balbutié un remerciement et j'ai cueilli au vol un livre d'histoire de quatrième.

On m'a installé à la dernière table disponible, tout au fond. J'ai appris que le général de Gaulle s'appelait monsieur Legay et j'ai remarqué que le surveillant lui-même s'était levé à son entrée, comme toute la classe. Monsieur Legay a fait ensuite l'inspection des travées, marquant parfois une sollicitude pour un élève vers qui il s'inclinait, ce qui dressait l'épi rebelle qu'il avait à l'arrière du crâne. Monsieur Legay interrogea à la cantonade : « Mes enfants, si un problème apparaît quand vous apprenez vos leçons ou faites un devoir, il faut vous en ouvrir à moi. Quelqu'un a-t-il un point noir ? » Le silence sembla se creuser, comme le dos du chat sous la main qui le caresse. « Eh bien, c'est ce que nous verrons à vos résultats... », délibéra pensivement le directeur en quittant la salle.

Cette question, j'ignorais qu'elle serait posée tous les soirs, et qu'en quatre années de ce rituel, jamais je n'entendrais un élève confesser le moindre point noir. Mais assis sous la veilleuse des toilettes une bonne partie de cette nuit-là, à côté du dortoir des sixièmes, j'ai appris par cœur le règne de Louis XIII qui ne serait pas à mon programme, la régence de sa terrible mère, l'assassinat de Concini, le siège de Montauban, la paix de Montpellier, le cardinal de Richelieu, la journée des Dupes, Anne d'Autriche. Ce n'était pas que je craignisse le moins du monde l'obligeance de monsieur Legay, ni la fine menace qui s'y laissait percevoir. Mais j'ai tout de suite su qu'ici j'avais abordé dans mon île et j'avais si peur qu'on vienne m'en retirer. J'ai pensé toute la nuit aux paroles du directeur de mon ancienne école. Si l'on venait me rechercher, j'avais résolu de rendre l'ouvrage en main propre à monsieur Legay en lui racontant tout le règne de Louis XIII, de 1610 à 1643. J'aurais fait comme avec mes salades. Et comme avec Florentin Prunier. Vivre faisait peur, aux simples soldats comme aux rois et aux empereurs. Je pouvais avoir cet orgueil maladif de chercher mes revanches et mes victoires chez les morts. Au moins, avec eux, j'étais tranquille. Mais je ne voulais à aucun prix être arraché à un royaume si enchanteur qu'avant de sonner l'heure de se coucher le roi demandait à ses sujets s'ils avaient un point noir à dissiper.

Personne n'est venu. Aucune mauvaise nouvelle n'est arrivée. Les semaines se sont bientôt comptées en mois. Je n'avais jamais senti autant d'espace autour de ma solitude. Le personnage le plus attendu de la journée était le surveillant qui faisait fonction de vaguemestre. Il distribuait les colis et le courrier et assistait les pensionnaires qui voulaient écrire à leur famille. Il emportait partout avec lui des livres de médecine, même au réfectoire, et buvait de grands verres de jus de carotte qui semblaient constituer sa seule nourriture et que renouvelait régulièrement madame Legay, la femme du directeur. Il avait un air studieux qui réconfortait. Il était le meilleur ami du maître de gymnastique, qui l'appelait « le carabin ». J'ai eu l'idée bizarre d'envoyer une lettre à la fille que monsieur Ezine a eue de ma mère, Élisabeth, à qui je n'étais lié par aucune affinité complice, à cause de la différence d'âge et de la différence d'histoire. Je trouvais pourtant dans la circonstance que c'était un peu comme si nous étions orphelins, elle et moi. En fait, je crois que j'avais juste envie de recevoir une lettre, moi aussi, envie d'être appelé dans les rangs et d'aller cueillir mon enveloppe sur le perron, des mains du surveillant. Mais comme je ne savais pas du tout quoi lui écrire, à mademoiselle Ezine, ne sachant pas même en outre si elle saurait me lire, si elle avait seulement appris, plutôt que des mots je lui ai envoyé des dessins. J'ai dessiné le bâtiment vu depuis la cour d'entrée, le dortoir où j'ai indiqué par une flèche la position de mon lit, la salle d'étude et les deux pots de fleurs dont j'étais responsable dans ma classe, celui des monocotylédones (blé) et celui des dicotylédones (haricot). Elle a dû me prendre pour un arriéré mental. Elle m'a répondu d'une phrase, en gros caractères qui dansaient sur le papier quadrillé, pour se plaindre du café au lait des sœurs, et notre correspondance s'est arrêtée là.

J'avais d'abord envoyé un poème à maman, mais je n'ai pas eu de réponse. Je n'ai jamais eu de réponse. Quand j'avais demandé au carabin s'il pouvait trouver l'adresse du Bon Sauveur à Caen, il m'avait renseigné du tac au tac : « Rue Caponière, bonhomme, c'est connu comme le loup blanc. Mais à qui veux-tu écrire là-bas ? Tu dois te tromper. C'est l'asile des fous, les fous ne lisent pas les lettres. » Je m'attardais quelquefois aux fenêtres du dortoir, le front contre la vitre, mais je ne voyais rien de la vie qui s'y montrait, ni les allées et venues dans la cour d'honneur ni les camions qui entraient ou sortaient de la fromagerie Graindorge, en face du collège. J'attendais que mes camarades eussent dévalé l'escalier et rejoint le vestibule, où je savais qu'ils passeraient cinq bonnes minutes, accroupis devant les casiers à chaussures, à manier la brosse à reluire avant l'inspection du matin. Je différais le moment de descendre. J'attendais d'être seul, pour ouvrir le portefeuille africain et regarder une fois encore, pendant le temps furtif que je volais à la discipline, les trois photos que ma mère y avait glissées. Jean-Louis Bunel en était le principal motif. Seul, en barboteuse, assis sur une plage plombée de soleil, mais englouti par l'ombre de qui prenait la photo, ombre couronnée d'une casquette. Avec ma mère, au bas d'un monumental escalier de brique. Et sur le troisième cliché, Jean-

Louis Bunel était avec ma mère et mon père, l'homme à qui il devait dire : papa, c'est inscrit dans les gènes, ces choses-là, ça ne s'apprend pas, ça vient tout seul. Le mien, par le fait, de papa. Lequel papa sourit comme il sied à un papa officiel, en posant avec sa petite femme en socquettes au point perlé et leur bout de chou ondulé du haut, devant un joli autocar aux pneus blancs. Alors, pourquoi ça s'oublie si ça ne s'apprend pas ? Pourquoi ça s'en va si ça vient tout seul ? Pas un matin je n'ai manqué le départ de cette excursion de rêve. Je cirais mes souliers la veille au soir, avant l'extinction des feux.

C'était donc ce géant en costume sombre, Robert Demaine ? Preste, élégant, jovial, protecteur, bel homme. Très athlétique, même. C'est déjà beaucoup pour un sujet haut de trois centimètres et demi, je l'ai mesuré avec ma règle graduée. Le visage, quatre millimètres sur l'axe des pommettes, au plus large, et il va falloir que je m'en contente. Au dos du vieux ticket des Courriers normands, maman m'a bien prévenu : « *Je t'ai tout donné.* » Elle m'a donné toutes les traces. Elle n'a rien gardé pour elle. Pourtant, les mots me manquent. Pourquoi perd-on la mémoire de ce qui vous attache au monde ? Pourquoi meurt-on à la mémoire ? Je suis né d'une ombre. D'une ombre qui me photographie et qui me capture dans son incognito. Qui me suit partout comme mon ombre et ne me lâche jamais. Elle a quelque chose à me dire. Le fantôme a quelque chose à me dire. Vue de maintenant, bien sûr, cette hypothèse peut paraître facile à exprimer. Il n'empêche que j'ai toujours su. Sinon, jamais je n'aurais su. L'ombre, j'avais l'impression de l'emmener partout avec moi, et qu'elle se voyait sur mon front.

Je l'ai ressentie dans une circonstance policière jusqu'à la brûlure, car certaines ombres sont cuisantes. Il s'est produit ce jour-là un événement très inhabituel dans notre internat reculé. Nous disputions au stade, à deux cents mètres du collège, un match de basket-ball que monsieur Guillou, notre professeur de physique et de chimie, par ailleurs joueur confirmé, arbitrait avec un zèle et une rigueur dont nous étions parfaitement indignes. Il m'avait désigné arbitrairement capitaine de mon équipe, celle des maillots rouges, non que j'eusse sur mes camarades le moindre ascendant, humain ou technique, bien au contraire. J'étais d'une confondante maladresse dans les jeux collectifs, mais c'était pour lui, je le comprenais d'instinct, un moyen de mettre ma rêverie à l'épreuve et, si possible, de l'anéantir. Au moins provisoirement. À coups de sifflet à roulette. Le professeur avait ses raisons. Je ne goûtais guère la chimie. J'avais une oreille aux molécules explosives d'hydrogène et l'autre à la musique des sphères. Monsieur Guillou m'avait surpris en plein cours, rédigeant à mon usage privé un traité des papillons que, pour mon humiliation, il avait lu à la classe tout entière. Ce fut mon premier texte publié et ce n'est pas un bon souvenir. Cette histoire de papillons me chiffonnait. Un papillon peut avoir une vie si courte qu'il n'a aucun organe de nutrition. On peut comprendre, sur le même principe, qu'il n'ait nul besoin de mémoire non plus. À quoi lui servirait la mémoire ? À quoi servirait la mémoire à un éphémère ? Voilà donc un être vivant qui ne se souvient

71

absolument pas de l'étonnante métamorphose dont il a été tout ensemble l'objet et le sujet, et qui à l'évidence souffre d'anorexie mentale et d'amnésie antérograde (ici j'embellis, j'arrange une copie que monsieur Guillou m'avait rendue avec ce commentaire affligé : « Garde ça précieusement pour tes Mémoires », tandis que mes camarades, reconnaissants au maître du divertissement qu'il leur accordait, s'esclaffaient à l'envi). Il n'empêche (et je me souviens très bien de : « Il n'empêche »). Il n'empêche que sa qualité d'éphémère, il la reçoit de l'espèce. Chacun de ces papillons est la mémoire de l'espèce. À lui seul la mémoire infaillible de l'espèce entière. Et l'espèce c'est l'unité, c'est la durée, c'est l'harmonie. Pourquoi n'en va-t-il pas ainsi chez les hommes ? Pourquoi l'homme est-il un animal qui ne sait plus du tout qui il est quand il ne sait pas d'où il vient ? Alors que le plus démuni des papillons, ne se sachant pas papillon, est à lui seul la mémoire de son espèce tout entière, et donc la sienne tout singulièrement ?

J'enjolive, j'extrapole, c'était l'idée. Aujourd'hui, je connais la réponse : à la différence du bombyx du mûrier, qui n'a pas eu l'idée de soumettre à concours l'agrégation de ver à soie, l'homme a besoin d'un miroir. Pour savoir ce qu'il fabrique sur terre, il a besoin de se regarder être. Un besoin vital du miroir. Le miroir est sacré. Il nous vient par les pères. Moi, mon miroir, on me l'avait cassé. Ou caché. Mais j'en avais l'ombre au front.

Tout d'un coup, monsieur Guillou siffla pour interrompre la rencontre, qui venait à peine de commencer. Nous le vîmes se diriger à petites foulées vers deux personnages qui prenaient place au bord du terrain, et qui s'offraient visiblement à constituer notre public, le plus nombreux de la saison, et à vrai dire le tout premier. C'était monsieur Denis, notre professeur de sciences naturelles, qu'accompagnait un inconnu à qui monsieur Guillou tendit une main empressée sinon fébrile. Je trouvais tout de même bizarre que notre mentor, qui n'avait rien dans sa personne d'un flagorneur obséquieux, ait arrêté une partie de championnat communal pour saluer nos premiers spectateurs comptabilisés. Ils s'entretinrent tous les trois quelques minutes puis monsieur Guillou nous fit signe d'approcher. Je n'ai pas oublié la minute historique où, à son invitation, notre professeur de sciences naturelles nous présenta son frère, le commissaire Denis, qui venait de s'illustrer dans l'heureux dénouement d'une affaire qui avait tenu toute la France en haleine : l'enlèvement d'Éric Peugeot. Nous étions tout ébaubis. Un héros de quatre ans avait fait la couverture de *Paris-Match* sous le titre : « *Le petit kidnappé de Saint-Cloud* ». Le commissaire venait prendre à Livarot un repos bien mérité, loin des caméras et des journalistes. Loin de l'agitation considérable que ce fait-divers avait soulevée, à une époque où l'on n'enlevait jamais personne.

Et d'abord, pas les enfants. Il faudrait faire attention, désormais, aux ravisseurs d'enfants. Nous écoutions, bouche bée, sous les panneaux. La remise en jeu serait effectuée par le célèbre visiteur, qui pour son repos, il faut le noter, n'avait pas mal choisi son terrain. Je me suis avancé vers le commissaire, le ballon dans les mains. Sur mon front, il était écrit en toutes lettres qu'il y avait un précédent et que j'étais celui-là. Il était écrit que sept ou huit ans plus tôt, j'avais moi aussi été enlevé à mon père, au même âge que le petit Éric Peugeot, qu'il n'y avait pas eu la moindre demande de rançon, ce qui ne laissait pas de faire traîner cette affaire mais que je tenais à la disposition des autorités de police une grande quantité d'indices matériels, des photos, des objets vestimentaires tels qu'une casquette d'aviateur, un mouchoir brodé, une chemise d'homme de grande taille, des écrits et même des cheveux de la victime. L'officier de la PJ devait être en effet très fatigué, car il n'a pas réagi à ma transmission de pensée. Il est resté impassible, il ressemblait à son frère, la même taille, le même visage jaune et tanné de bouddha souriant. Derrière moi, l'arbitre s'impatienta : « Eh bien, capitaine, qu'est-ce que tu attends ? Donne ton ballon à monsieur le commissaire ! »

4

Rendez-vous à Mexico

Les journaux parlaient de « kidnapping » et de « kidnappeurs ». Je me souviens du trouble dans lequel m'avait plongé le joli mot de « ravisseurs », qui me semblait presque aussi rare, malgré son ancienneté, que le crime qu'il désignait. On racontait que ses ravisseurs n'avaient fait aucun mal à l'enfant, qu'ils s'étaient même bien amusés avec lui, qu'ils l'avaient gavé de belles histoires, de jeux, de sucreries, de chocolats, et je me demandais si « ravisseur » était le métier de celui qui donne du ravissement. L'étymologie confirme, c'est un transport. Au ciel ou en enfer, ça dépend de la nature des enlèvements. Le ravissement d'Hélène (pauvre Hélène). Le ravissement de saint Paul (heureux Paul). Le ravisseur pourrait porter un képi galonné et poinçonner les billets. Tout captif est par définition ravi. On raconta aussi que les ravisseurs s'étaient inspirés d'un roman noir américain. La réalité commença à m'apparaître comme la pâle copie d'un monde imaginaire.

Tout ici-bas n'est peut-être que fable, illusion, mensonge ou imposture. Qu'est-ce que je faisais sous une identité ennemie ? Kidnappé. De *kid,* le gamin. Et *to nap,* s'assoupir. *To nap a kid,* endormir l'enfant, ravir l'enfant qui dort, bercer de leurres. On m'a endormi. On m'a escamoté. Je suis devenu fuyant, insaisissable, évasif à l'extrême. Je n'y suis pour rien. Je n'y suis pour personne. Je ne suis pas celui-là. Voyez plutôt l'auteur, c'est sans doute un roman. Mon père lui-même ne m'a pas reconnu. Qu'est-ce que je fais sous le nom de mon ennemi ? Alors il a bien fallu que je me sauve. Je ne pouvais pas rester là, comme une esquisse jetée. Je me suis sauvé. Je me suis mis à courir vite, très vite. Courir m'a ravi. Personne ne tenait ma foulée. De toute façon, je courais seul. Je volais, sur les pistes, les chemins, les bois, les labours. J'étais sauvé.

Le sport n'est pour rien dans l'affaire, quand on court pour échapper à la honte. À la honte d'être soi. J'ai eu envie d'écrire pour ma mère un poème sur la honte, quand elle est revenue du Bon Sauveur. J'avais eu la permission de me rendre à Lisieux. Lady de la Touzerie avait retrouvé son chenil, monsieur Ezine graissait son fusil mais ma penderie était vide. J'ai fait comme avec les laitues de Dioclétien et le règne du malheureux Louis XIII. Je me suis documenté sur la honte. J'ai écumé les rayons de Colette Hédou à la librairie « Joie de connaître ». Il y a beaucoup à dire sur la honte, il existe un grand nombre d'espèces. La souillure, la tare, l'ignominie, l'avilissement, l'opprobre, la turpitude, l'abjection. On se bouscule au portillon de la honte. La vergogne aussi, qui est si honteuse qu'elle se cache et disparaît dans l'expression « sans vergogne ». En fait elle est bien présente mais elle ne se montre pas, elle est comme le blaireau dans son terrier, impossible de l'en sortir.

La honte qui a eu ma préférence, c'est la flétrissure. Il y avait dans la flétrissure une indéniable poésie et elle me donnait une rime à l'imposture. Et puis la flétrissure, ça venait des fleurs et par les fleurs, une altération de la fraîcheur et de l'éclat, le déclin végétal. Il y avait dans la flétrissure un parfum de fleurs séchées qui m'était familier. Qu'était-ce que mon herbier, sinon une anthologie des flétrissures, une collection d'agonies? J'avais là du feuillage marcescent de jeune chêne, qui se flétrit sur la branche sans s'en détacher. J'avais du charme, de la fleur de bruyère. La corolle flétrie de mon nénuphar en séchant avait persisté elle aussi. Mon catalogue ne contenait rien d'immarcescible, qui est une invention de poète. C'est le mot d'un doux rêveur qui voudrait croire que tout n'est pas sujet au flétrissement sur cette terre. Le poète s'appelait Amédée Pommier (1804-1877), lauréat des Jeux floraux, traducteur des *Dialogues sur la vieillesse* de Cicéron, prix de poésie de l'Académie française, laquelle avait donné pour sujet de concours la découverte de la vapeur. L'une de ses œuvres avait pour titre *Crâneries et dettes de cœur*. Immarcescible Amédée, qui béatifia les chaudières et prononça l'éloge funèbre de l'archevêque de Paris. On le verrait bien cultiver ses salades.

La flétrissure, c'était aussi un châtiment. C'était la marque d'infamie. Elle était reconnaissable à ses ineffaçables stigmates. Elle a été abolie en France en 1832. Il s'agissait de marquer au fer rouge l'épaule des criminels. Il fallait bien qu'ils se souviennent. Ce qui est grand est assuré de la postérité. Ce qui est bas retourne de soi-même au silence et au néant. Voilà ce qu'une société ne peut admettre.

Aussi déploie-t-elle de grands efforts pour magnifier le spectacle du mal, à seule fin précisément de s'en défendre. Il est vital que le crime se perpétue dans sa signature. C'est elle, l'immarcescible. L'indignité à vie. L'épaule marquée au fer rouge. Ou le cœur. La mémoire du cœur est bien plus sûre. Il va enfin se taire, le cœur qu'on marque au fer. C'est d'ailleurs le seul alexandrin qui me reste, de toute cette ode pour le retour de ma mère, si mélodramatique et lamentable qu'il me fait honte aujourd'hui encore : « Il va enfin se taire, le cœur qu'on marque au fer. » Je suivais mon idée. Mon idée, c'était que la flétrissure n'a jamais cessé pour les enfants qu'on dit illégitimes : ils sont ceux qui n'ont pas le droit d'être. Qui ne sont pas conformes. Qui ne sont pas fondés. Dont l'existence attente au bon droit, à la loi, à la morale. Ils sont les irréguliers. Illégitime, le mot est dans le Code et dans tous les dictionnaires d'usage.

Je l'ai lu partout, même dans les yeux des adultes. La flétrissure, c'était ce mot même : illégitime. Je me suis enfui. J'ai couru. Je n'ai pas fugué. La fugue, c'est en ligne droite. J'ai seulement couru, en rond. J'aurais bien aimé connaître l'épuisement, mais l'épuisement ne venait pas. Pour passer inaperçu, pour être tranquille, et aussi courir plus longtemps, je courais sur les stades, à Livarot, à Lisieux, seul.

À Lisieux, le gardien a fini par me repérer. On l'appelait César. J'évitais son regard à lui aussi, de peur qu'il n'arrête ma course et ne me boute hors de l'enceinte, et parce que César avait une prestance et une autorité à l'avenant, impériales. César a parlé à un entraîneur du club : il avait vu un garçon qui faisait des tours de stade parfois tout un après-midi. Je prenais en enfilade le vélodrome, les courts de tennis, le terrain de football, celui de rugby, la piste d'athlétisme, la ligne des peupliers frémissants, les sautoirs, le bâtiment des douches, les deux terrains de basket, une fois par-devant les tribunes, une fois par-derrière et je recommençais. Et encore, et encore, pendant des heures.

J'ignorais à quel civilisateur mes courses sauvages donnaient le tournis. Je l'ai su bientôt, à l'occasion d'un match de foot, sur ce même stade. Malgré la bruine, une partie du public dédaignait les tribunes et se pressait derrière la cage de l'équipe locale. Elle était tenue par mon César. Je dis « mon » pour crâner. Rien ne m'autorise ce désinvolte possessif quand je n'ai peut-être pas adressé plus d'une ou deux fois la parole à César Ruminski, ancien joueur de football international, un gardien de but au palmarès prestigieux. Dans une autre vie, il avait gagné la Coupe de France et le Championnat. Il comptait sept sélections en équipe de France et avait même été remplaçant dans une Coupe du Monde. De gardien de but, il était devenu gardien de stade à sa retraite sportive, mais il reprenait du service à l'occasion. En connaisseur, j'ai pris mes quartiers derrière les filets de César imperator, dont la moindre intervention dans la surface de réparation était commentée à l'égal des voltes et des pirouettes fouettées de Rudolf Noureïev sur la scène de l'Opéra de Paris. Son fameux dégagement du poing au-dessus de la piétaille, en chandail à chevrons et casquette chinée, était le point d'orgue des dimanches lexoviens.

Mais César avait parlé et je fus bientôt privé

d'opéra pour cause de compétitions pédestres sous le maillot jaune et noir du club d'athlétisme. Je ne sais plus combien nous étions au départ du premier cross-country que j'ai disputé, mais il s'appelait le Challenge du Nombre. La seule image qui m'en reste est étrange : je suis seul, au milieu d'un champ. Seul et un peu perdu. Je suis même sur le point de m'arrêter de courir, quand j'aperçois des bras qui s'agitent au loin : on me presse, on me hèle. J'ai gagné presque sans le vouloir et j'ai eu ma photo dans le journal. Je me suis demandé si cet épisode n'était pas un malentendu mais les choses se sont enchaînées et le malentendu a duré.

Un jour, on a disputé une épreuve au bord de la mer. Après ma course, tandis que les autres catégories entraient en lice, je suis allé dans les dunes avec mon sac de sport et j'ai arraché au sable quelques graminées remarquables. En passant devant l'autocar qui assurait le déplacement du club, j'ai vu qu'il était ouvert. Le chauffeur discutait avec un type en survêtement que je ne connaissais pas. Ils ont cessé de parler quand je me suis approché, mais j'ai entendu le type en survêtement. Il disait, en regardant dans le vide : « Ah ben, ma parole, c'est ce qui s'appelle un portrait tout craché. » J'ai rangé mon sac dans le filet et je suis redescendu du car. Le chauffeur m'a emboîté le pas.

« Dis donc, j'ai vu ta course. Félicitations !

— Merci, monsieur.

— Tu es en première ou en deuxième année de cadets ?

— En première.

— Ah bien, ça promet. Et qu'est-ce donc que tu ramassais, là, dans les dunes ?

— Des joncs pour mon herbier. C'est un genre d'immarcescibles.

— Ah, ça! Des immarcescibles, dis-tu?

— Ce sont les plantes qui ne flétrissent pas. C'est un mot qui a été fabriqué par un poète mais qui est passé aux sciences naturelles. J'ai des marcescents, dans mon herbier, mais je n'ai pas d'immarcescibles.

— Jamais entendu parler. Tu n'es pas comme les autres, toi. Ton père peut être fier de toi.

— On ne peut pas dire, on ne se connaît pas, avec mon père. »

Il y a eu un silence. Le chauffeur m'a regardé et il a dit : « Ça ne fait rien, il doit être fier quand même, avec des résultats pareils. » Je me suis demandé s'il n'était pas un peu idiot, ce chauffeur. En fait, il paraissait plus embarrassé qu'idiot. Il a insisté : « En tout cas, moi, si j'étais ton père, je sais bien que je serais fier. » C'était quand même gentil, je l'ai remercié.

Après coup, quand j'ai repensé à cet homme, ça m'a fait bizarre. Notre échange avait été bref mais il avait mêlé le sport aux sciences et même à la poésie, si bien que je me suis demandé de quels résultats il voulait parler au juste quand il disait qu'ils donneraient de la fierté à mon père. Robert Demaine ne pouvait pas savoir que je venais d'entrer au lycée, que j'aimais lire les poètes et les philosophes, que je rêvais d'un beau vélo de course vert de marque Helyett et aussi que, dans les vies imaginaires où je m'aventurais, il en était une où j'apprenais le cor anglais dans le vaniteux espoir de coiffer la casquette de l'harmonie municipale, les dimanches d'été, au kiosque du jardin public. Robert Demaine ignorait tout de moi comme j'ignorais tout de lui. Savait-il seulement que je n'avais jamais prononcé qu'une seule fois son nom, cinq ou six ans plus tôt, dans un café de Tourville ? Savait-il que je ne l'avais entendu qu'une seule fois, de la bouche de ma grand-mère, et plus jamais depuis ? Un nom que le Bottin téléphonique lui-même refusait de livrer, de quelque façon je l'orthographiais. Quant à celui que je portais, je m'étais persuadé depuis mon été chez Grand-mère qu'il le connaissait.

J'ai toujours aimé les parcours en car. On s'abandonne et plus rien ne pèse, le paysage file, le monde est fluide, le regard s'enfuit dans des hypothèses éphémères et tout effort est banni. Tout ce qui tient l'existence réelle se détend ou s'effondre et la douleur, vaincue, fait vibrer la vitre où le front se repose mais elle n'entre pas. Il existait bien un moyen de donner des nouvelles à mon père, s'il était si fier de mes résultats. C'était le lundi, dans les pages jaunes de *Paris-Normandie*. Elles lui donneraient au moins des nouvelles de mes dimanches. C'était toujours ça. Alors, elle pouvait venir, la douleur. Je l'attendais de pied ferme. J'aimais bien sa compagnie, et lui montrer qui était le plus fort. Cette souffrance-là n'était pas comme l'autre, elle ne me faisait pas peur. Le *Lexovien libéré* avait publié les dix commandements du coureur à pied, signés du grand technicien Henri Poussard, et le sixième commandement stipulait : « *En course tu sauras serrer les dents et lutter avec le mal.* » Je n'ai jamais connu de mal plus doux que celui-là. Il se laissait mordre et piétiner. C'en était pitoyable. Je n'avais plus qu'à le jeter dans la dernière ligne droite.

Les courses sont devenues pour moi comme des

lettres ouvertes que j'adressais à mon père, depuis des villes ou des villages qui s'appelaient Mézidon, Cormolain, Les Moutiers-en-Cinglais (le fameux Cross des Jonquilles), Le Neubourg, Colombelles ou Saint-Lô. Ma lettre préférée n'était pas le récit d'une victoire. J'avais même déçu en terminant troisième du championnat du Calvados, à un souffle du vainqueur, mais le journal m'avait trouvé une excuse que j'ai appréciée : « *Ezine, enfermé au départ, n'a pu combler tout le handicap. Lui aussi va s'améliorer et il dispose d'atouts sérieux : le gabarit, l'aisance, la volonté.* » C'est ainsi que mon père a dû apprendre de quels atouts sérieux je disposais dans l'existence, le gabarit, l'aisance, la volonté, ce qui n'est tout de même pas rien. J'avais un faible pour l'aisance, personnellement. L'aisance vous assure en toute chose des triomphes faciles. Il n'y a pas de meilleur masque à la honte, à la timidité, à la gêne et en général à tout ce qui freine, que l'aisance. Ce qu'il y a de bien surtout avec l'aisance, c'est qu'elle crispe les autres. Ils se raidissent, ils coincent, ils convulsent. J'espérais aussi que mon père ferait la bonne lecture et qu'il comprendrait quel handicap c'était, d'être enfermé au départ.

C'était mon gros problème, le départ. La mise en train a toujours été un souci chez moi. J'ai eu la même laborieuse difficulté au championnat de Normandie, qui se courait sur l'hippodrome d'Argentan. Il y avait cent soixante-sept partants, et j'étais cent soixante-sixième après deux cents mètres, au premier virage. À la sortie de l'hippodrome, le parcours se continuait par un labour en côte, un cloaque bien dénivelé. C'était le moment de montrer mon aisance. « *Très distancé au départ,*

Ezine a remonté son retard... » Remonter, je sais faire. J'ignorais encore que je passerais même ma vie à cet exercice, remonter. En général, dans le passé. Vers la source, l'origine. Cette fois, c'était écrit en toutes lettres dans le journal, j'avais comblé mon handicap. J'avais comblé mon père. Sûrement.

Je le croyais tellement qu'il m'est arrivé de chercher son regard, de chercher le regard d'un inconnu aux abords des podiums et des vestiaires. Un jour, à Carpiquet, près de Caen, nous nous sommes changés dans un ancien hangar d'aviation et l'odeur dont il était imprégné m'a tout de suite enveloppé d'une impression troublante et familière. Mais à l'exception des fantômes, personne ne m'a jamais vu courir, dans la famille. Au stade, quelques semaines après l'épreuve d'Argentan, l'entraîneur a sifflé un rassemblement. Il a lu devant les athlètes une lettre que le directeur technique de la fédération à Paris, Robert Bobin, avait adressée au club. J'étais retenu pour participer à un stage national à Cap-Breton, dans les Landes. Les copains ont lancé un hourra. Notre lanceur de poids, Havas, n'était pas le moins enthousiaste. Je tombais des nues. Est-ce que ça n'était pas un tout petit peu exagéré, tout ce tintouin, pour faire sortir Robert Demaine de son cockpit ?

J'ai fourbi mes chaussures à pointes et ma mère a glissé des sandwiches dans mon sac. J'ai pris le train, seul, et pour la première fois de ma vie. J'avais des escarbilles plein les yeux quand je suis descendu en gare de Bayonne. À chaque printemps, l'équipe de France se retrouvait sous les pins océaniques. Entre la plage et les chalets, on croisait des

84

champions qui allaient à petites foulées et cette lenteur était belle comme une confidence. Certains revenaient de Tokyo. J'avais seize ans. J'ai appris à prendre mon pouls au réveil et à courir dans les dunes. Le stage a duré onze jours. J'ai conservé la photo souvenir au dos de laquelle l'entraîneur du demi-fond, Jo Malléjac, qui avait l'œil malicieux et le cheveu cranté, a écrit ce sésame : « *Rendez-vous à Mexico.* »

Je ne suis pas allé jusque-là. La velléité olympique a fait long feu. J'ai perdu des courses qui étaient gagnées d'avance. Vingt-sixième à Cormolain ! J'ai déroulé dans la dernière ligne droite, pour bien montrer que je n'étais plus moi. Mes camarades d'entraînement, Lepoivre, Ressencourt, Chatelet, Le Guillou sont venus me dire des paroles de réconfort comme si j'avais perdu quelqu'un. Je crois qu'en effet j'avais perdu quelqu'un. Je ne parvenais plus à remonter jusqu'en tête. Je ne parvenais plus à m'isoler en tête avec mon ombre. La douleur était la plus forte. Chaque fois, le journal me trouvait des excuses. « *Ezine victime d'une erreur de parcours.* » Ou bien : « *Ezine souffrait d'un dérangement intestinal.* » Des sornettes de ce genre. J'ai fini par ne plus y aller, au moins c'était radical. Même là, je n'étais pas tranquille, le journal se croyait tenu de préciser : « *En l'absence d'Ezine, facile victoire de Vandenhout...* »

C'est qu'il fallait aussi être premier au lycée, bien entendu. Je venais de découvrir la philosophie. C'était une discipline qui connaissait bien mon mal, qui s'en occupait éventuellement, et dont un philosophe contemporain s'était même fait une spécialité. Je souffrais d'un syndrome qui consiste à se sentir de trop et cette pathologie portait un nom : la bâtardise. Évidemment, je n'avais pas attendu le diagnostic du docteur Sartre pour m'en savoir affligé. Le mot me hantait et m'occupait de façon si quotidienne et familière que je n'aurais pas été surpris de lire sur ma carte d'identité : *blond, yeux bleus, 1,78 m, 60 kg, signe particulier : bâtard.* Mais l'auteur des *Mots* en fit un motif de gloire inattendu. De victime, le bâtard devint une sorte de héros malgré lui. Le damné accompli, l'échantillon le plus représentatif de l'humanité, le modèle même de l'ego en perdition, mais libre. Une doctrine s'était bâtie sur son imposture. Je n'ai jamais rendu à la sœur de mon ami Jacques son exemplaire achevé d'imprimer le 20 novembre 1964 par Firmin-Didot au Mesnil-sur-l'Estrée (Eure) et acheté huit francs quatre-vingts. Mais j'ai dévalisé le rayon sartrien à la librairie « Joie de connaître ».

Un entraîneur m'a dit : « Ne lis pas tant, c'est mauvais pour les jambes. » Mais je n'avais pas le choix. Sublimer la honte, briller au-dessus des gouffres. Dans l'aisance, bien sûr, sinon l'opinion s'interroge : il court après quoi, ce besogneux ? Il veut épater qui, cet imposteur ? *« On est ce qu'on veut »*, affirmait mon gourou. Je me suis voulu philosophe. Je l'étais donc. Pour donner un indiscutable crédit à mon nouvel emploi, je me suis mis à fumer des pipes d'Amsterdamer, comme le personnage de la publicité qui médite avec son chien dans le désert des Highlands. Je dominais à nouveau la situation. J'entrais dans les boulangeries et je demandais : « Un pain de fantaisie d'une demi-livre, s'il vous plaît. » Ça ne ratait jamais, la boulangère répliquait : « Vous voulez dire un bâtard ? » On a débaptisé la tête-de-nègre, mais le bâtard résiste. Personne n'a jamais réclamé son abolition.

Ce qu'il lui faut, au bâtard, c'est une légitimité. Il n'a pas été reconnu par un seul. Aussi veut-il l'être par tous. C'est humain. Ce n'est jamais qu'un dédommagement, une indemnité symbolique, pas une réparation : il n'y a pas d'alternative au néant. C'est juste un fantasme, une façon de compenser. Quant au néant dont je traite ici, il n'a aucune saveur métaphysique. C'est simplement la certitude que rien ni personne ne peut vous apporter ce qui vous manque, et donc ne peut vous tirer de là. D'autant qu'au forfait adultérin qui avait été souscrit pour moi s'ajoutaient quelques taquineries en option. J'ai appris qu'à une époque que je n'ai pu dater (était-ce quand j'avais retrouvé la maison vide, après l'été chez Grand-mère ?) monsieur Ezine avait fait de la prison pour je ne sais quels outrages. Ma mère a connu d'autres internements, au Rouvray, près de Rouen, où elle s'est beaucoup plu parce qu'on y respirait le climat d'une forêt plus belle que toutes les forêts.

Deux ou trois mois plus tard, on l'a conduite dans une maison de repos, quelque part entre Trouville et Honfleur, sur un coteau qui dominait la mer. Je me souviens d'une chambre sombre et minuscule où l'on n'entendait pas les vagues. C'est à peine si la lumière du jour filtrait à la fenêtre, qui était fermée. Une odeur de médications saturait l'air. C'est pourtant dans ce réduit que j'ai vécu le moment le plus joyeux de toutes ces années. « Voyons, maman, tu ne respires pas, ici, il faut aérer… », lui ai-je dit quand je suis entré. Elle était assise toute droite au bord de son lit. J'ai voulu ouvrir la fenêtre mais elle ne s'ouvrait pas. Ma mère m'a dit qu'il fallait demander la poignée au surveillant de l'étage. Je suis allé voir le surveillant. Il disposait d'un petit bureau sur le palier, dans l'axe exact du couloir. Il était absorbé dans une partition de musique, ce qui m'a frappé à cause du silence qui régnait tout autour. Il a ouvert un tiroir et tout en me remettant l'objet m'a fait une recommandation : « Vous n'oublierez pas de refermer la fenêtre quand vous partirez et de me rapporter la crémone. »

J'ai fait entrer un peu d'air du large, puis j'ai essayé de faire parler ma mère. Les occasions étaient rares, pour ne pas dire inexistantes. À la maison par exemple, il ne fallait pas y penser, même quand nous y étions seuls. Son jeune médecin, le docteur Lefaivre, m'encourageait pourtant à lui faire la conversation ou la lecture, car il connaissait son goût pour les poètes. J'ai sorti mon portefeuille africain, nos vieilles photos et je lui ai demandé si, vraiment, elle n'avait plus rien à me faire savoir sur mon père. Dans ces cas-là, je me heurtais toujours à la même chanson. Invariablement, c'était : « Je te l'ai dit mille fois ! Ton père était très beau. Ton père était très grand. Ton père était très gentil, et je ne pourrai jamais réparer. Tu tiens donc tant que ça à me faire souffrir ? » J'ai pris dans le portefeuille le ticket d'autocar au dos duquel elle m'avait écrit, il y avait quelques années maintenant : « *Je t'ai tout donné* » et je l'ai exhibé devant la statue assise.

C'était un coupon bleu pâle, dont l'épaisseur et le format renvoyaient à une autre époque, comme toutes ces choses dont on s'étonne du volume qu'elles avaient autrefois, avant de prendre la forme diminuée qu'elles reçoivent du progrès, qu'il s'agisse des parapluies, des phonographes ou des titres de transport. Ma mère avait la manie de conserver et de cacher ce qu'elle conservait. Ce morceau de carton, j'étais sûr qu'il était la matière d'un souvenir éminent, peut-être cette excursion que je me plaisais d'imaginer en examinant l'unique photo qui nous réunissait tous les trois, mon père, ma mère et moi, en habits de fête, devant cet autocar aux pneus immaculés dont la calandre étincelait. La poinçonneuse avait validé la belle randonnée. Aussi avais-je noué par le petit trou qui s'y trouvait percé un lacet de cuir, et ce talisman me servait de marque-page. C'était le signet de mes bréviaires. Quant au culte du passé et aux manies qu'il inspire, je n'avais sans doute rien à envier à ma mère. « Tu vois comme tes gestes et tes intentions sont appréciés, lui ai-je dit, sans parler de tes écritures, même quand elles m'annoncent de mauvaises nouvelles. Ce billet où tu m'as dit qu'il ne te restait plus rien n'a jamais quitté mes livres ou mon portefeuille. C'est peut-être aussi à cause de cette tournure, tu n'y as pas pensé ? *"Je t'ai tout donné…"* Je crois qu'en fait, j'ai voulu y voir aussi une belle confession d'amour maternel. » Je lui avais parlé fort gaiement. C'était juste pour la détendre, lui témoigner mon affection, si je pouvais.

Ma mère m'a contemplé de ses yeux noirs avec une expression d'incrédulité que j'ai vu grandir très doucement jusqu'à la stupéfaction, puis elle m'a saisi le poignet, l'a serré très fort, et m'a fait entendre son rire le plus éclatant, un peu nasillard, celui qu'elle avait quand elle se moquait de ses propres sottises et qui m'effrayait parfois. Elle riait à en pleurer. « Mais voyons ! Qu'est-ce que tu me chantes là ! » Elle tira le mouchoir qu'elle avait l'habitude de rouler dans la manche de son gilet, essuya ses larmes. « Mais voyons ! reprit-elle en réprimant un hoquet, ce n'est pas à toi que j'écrivais. C'est à lui ! »

Je considérai, ahuri, le billet émis par la compagnie des Courriers normands et qui m'avait emmené partout. Aucune date n'y était lisible mais je n'avais jamais douté qu'il remontait à notre séjour au paradis. Ma mère était en train de m'expliquer que son message avait tout bêtement l'âge du ticket sur lequel il était rédigé. Qu'il avait été destiné à mon père, et non à moi. Qu'est-ce que j'étais encore allé inventer ? Et soudain, dans la pénombre de ce cagibi qui empestait la médecine, ma mère a parlé.

Elle a parlé comme jamais elle ne l'avait fait. Elle a parlé, confondue peut-être par la méprise qu'elle avait sans le vouloir provoquée, avec le précieux concours de mon étourderie. Elle a raconté les petits mots qu'elle glissait dans les poches de mon père, pas que les mots : une boucle de cheveu, un mouchoir brodé à mon chiffre, une photo, un canard en caoutchouc, parce qu'il m'adorait, me dit-elle, et qu'elle imaginait le garder de cette façon, se l'attacher, gager son retour chaque fois qu'il partait. Il était le passager clandestin des belles demeures où ma mère servait et où nous vivions, elle et moi, à Houlgate. Mon père nous rejoignait au milieu de la nuit, souvent d'un saut par la fenêtre. Un bond tout en souplesse, par une fenêtre sciemment laissée ouverte. Un soir, accroupi à l'angle de la belle villa anglo-normande, il avait fait couiner le canard qu'elle avait caché dans une poche de son blouson, à sa dernière visite, le canard mandarin. De ce jour, c'était resté le signal convenu entre eux. Deux couinements du mandarin et la fenêtre s'ouvrait. Et cette vie d'artiste avait duré trois ans et demi, d'abord à la villa « Les Noisetiers » dont les propriétaires finirent par nous éconduire sans tapage, puis au manoir de la Chastellerie, enfin au château des Béquettes après un séjour tout aussi fortuit dans la chaumière en bordure du parc.

J'étais interdit. Ma mère parlait et soudain j'ai eu peur de laisser échapper ses phrases, peur que tout s'en retourne au vide atroce où nous avions vécu, peur que tout se perde à nouveau, les noms, les détails. Pour un peu, je me serais installé à la petite table, là, j'aurais poussé la carafe d'eau et la jacinthe comateuse, et j'aurais pris sa confession sous la dictée. Mais j'ai supposé que ce n'était pas un procédé filial et je ne voulais pas non plus l'interrompre, lui demander de préciser, de redire, au risque qu'elle se taise, que le fil se casse. Je ne voulais pas la troubler et en même temps le seul événement de sa parole me rendait sourd à ce qu'elle disait.

J'avais cette crainte d'être traversé par ce monde inconnu qui m'avait déjà oublié une première fois. Qui était le mien pourtant. Mon paradis. Ce vertige continuel de la dépossession. En même temps, une jubilation amère commença à me gagner, un sentiment sauvage, une sorte d'indignation orgueilleuse. Nous n'étions donc légitimes en rien. L'histoire que ma mère me révélait n'était pas celle que je m'étais figurée mais elle en était l'héroïne. Je fus bouleversé de découvrir qu'elle avait eu avec mon père les mêmes gestes qu'avec moi, elle nous avait à tous les deux rempli les poches de pense-bêtes, de souvenirs, d'empreintes et c'étaient souvent les mêmes. Les mêmes objets, le même amour perdu. Toi, le père, souviens-toi de ton fils. Toi, le fils, souviens-toi de ton père. Elle s'était évertuée à galvaniser nos pensées mutuelles par-dessus des gouffres que rien ne pouvait joindre.

Ma gorge s'est nouée mais je n'ai pas voulu me laisser distraire par l'émotion, pour ne rien gâcher. J'étais tout à mon voltigeur. Je songeai à part moi, avec ce qui me restait de fierté : ah, bien sûr, un pilote, nous savons cela, un as de la cascade aérienne. « Avec le métier qu'il faisait, ai-je dit à ma mère d'un ton enjoué, les acrobaties ne devaient pas lui poser un bien grand problème ! » J'étais éberlué, moi l'élève sage et pensif, d'être le fils d'un aventurier, un nomade, un génie de l'air. « Ne crois pas cela, répondit-elle, un autocar, ce n'est pas toujours simple à garer, encore moins à dissimuler. »

Il paraît que l'hébétude est le premier degré de la stupeur, mais cet après-midi-là, j'ai grimpé tous les échelons quatre à quatre. Mon père était chauffeur. Robert Demaine, le fameux seigneur de la côte, conduisait des autobus ! Cette fois, c'est moi qui fus pris de fou rire. Bon sang, les Courriers normands ! J'y étais enfin. Les ailes stylisées, la casquette d'« aviateur », tout m'avait abusé. Le mythe s'est vidé en douceur, comme un ballon de baudruche qui rend dans un petit sifflement moqueur l'air dont on l'avait laborieusement gonflé. Il m'avait aidé à vivre et rêver, l'enfance a besoin de héros.

Je me suis même demandé, bien plus tard, avec

une mauvaise foi plus qu'honnête, si j'y avais jamais cru moi-même, à l'aviateur aristocrate. Bien sûr, j'y avais cru, mais qu'est-ce que ça changeait ? Ce jour-là, j'ai gardé mon désenchantement pour moi. Au reste, j'étais moins déçu par ce que j'apprenais que contrarié de l'avoir si longtemps ignoré. On ne peut rien contre le pouvoir des illusions et celle-là m'avait fondé. C'est un peu comme ces étoiles mortes qui brillent longtemps après qu'elles ont disparu : elles nous aveuglent encore, bien après que nous les avons reconnues pour des aberrations. Mon invincible paradis houlgatais ne m'a peut-être jamais semblé si beau que dans la lumière crue dont ma mère l'éclairait. Et puis je n'avais pas l'intention de passer deux fois pour un idiot à ses yeux en quelques minutes. C'est sur moi que je riais. Ma mère, qui me regardait d'un air visiblement incrédule, et se demandait sans doute ce qu'il y avait de si comique à devoir se cacher du monde, se mit à rire aussi : c'était drôle en effet, pour deux amants furtifs, pour deux clandestins, convint-elle, de ne pas savoir où ranger leur autocar. Déjà que l'amant taillait deux mètres ! On l'avait vu enjambant la balustrade, aux « Noisetiers », et pas qu'une fois.

Ils se sont aimés dans les désordres de la guerre, dans la paix irrégulière qui avait succédé au chaos. Mon père était marié à une autre femme dont il avait eu trois enfants. C'est au chevet de l'un d'eux qu'il a connu Jeannine Bunel, une brunette piquante qui aidait aux soins, à l'hôpital. Le petit Serge était gravement malade et ma mère a toujours ignoré ce qu'il était devenu après son séjour à l'hôpital, qu'il n'a pas quitté guéri. Pour ce que ma mère en savait, et qu'elle tenait de lui seul, Robert vivait séparé de sa femme. Elle l'avait trompé pendant la guerre. « Je l'ai cru libre, tu comprends, a poursuivi ma mère. Mais il ne voulait pas se fixer. J'ai mis ça sur le compte de la guerre, qu'il avait faite durement et qui l'avait marqué. Il allait, il venait mais il ne s'installait pas. Quand je suis tombée enceinte, j'ai cru que je ne le reverrais plus. Une fille dans ma situation… Au contraire, il a redoublé d'attentions. J'ai vraiment pensé qu'il allait se décider, qu'il allait divorcer. Il était d'une prévenance infinie avec moi. Comme tu te faisais attendre, il a eu une idée pour m'éviter la césarienne. Il m'a installée dans son car et on a fait l'aller-retour Houlgate-Versailles dans la journée. Sur les routes de l'époque, on était bien cahotés ! Il a même viré dans la cour du château, pour la vue et aussi parce qu'elle était pavée. Tu as dû apprécier car j'ai accouché le lendemain dans une maison pour filles-mères à Cabourg, une sorte d'hôtel pour les réprouvées, les maternités sauvages. C'est après ta naissance qu'il m'a le plus étonnée. Il venait de perdre son plus jeune frère, qui avait été déporté en Allemagne et qui en était revenu mourant. Son agonie a duré trois ans. Puisqu'il ne pouvait pas te donner son nom, Robert a voulu que tu portes le prénom de ce jeune frère. Et puis il s'est beaucoup occupé de toi. Il te montrait partout, il t'emmenait partout. Mon petit sauvage, sais-tu que tu as été la coqueluche des bars d'Houlgate ? Il te prenait sur ses genoux dans son car et te coiffait de sa casquette de service. Mais il restait imprévisible et flou sur tout le reste. Je n'y comprenais rien. Un jour, il a fini par me dire que c'était avec un Allemand que sa femme l'avait trompé pendant la guerre, qu'elle avait été tondue à la Libération mais qu'elle se défendait d'avoir fait ça. Depuis, elle lui faisait un chantage pour qu'il revienne, un chantage au suicide. Elle menaçait de se tirer une balle dans la tête s'il ne rentrait pas à la maison. Il était père de trois enfants, cette situation le mettait au martyre. Il avait terminé la guerre dans les FFI après s'être engagé deux fois, il avait été blessé, il avait eu la croix de guerre, tu imagines son tourment, les rumeurs ? En fait, il a fini par comprendre que la justice populaire, les femmes tondues sur qui l'on crache dans les rues, c'était n'importe quoi. On avait tondu des filles simplement parce qu'elles étaient serveuses de salle dans des hôtels que les Allemands avaient réquisitionnés. Voilà ce qu'il m'a dit. Tu avais trois ans. Il s'est penché sur ton lit. Tu ne dormais pas. Tu avais les yeux ouverts et tu le regardais. Il t'a dit : "Nous n'allons plus nous voir. Je vais être aussi malheureux que toi. Je ne peux pas faire autrement. Je te demande pardon." Il t'a embrassé. J'étais sûre qu'il reviendrait. Mais je ne l'ai jamais revu. »

Ma mère s'est plainte du froid. J'ai fermé la fenêtre. Elle a poursuivi : « J'avais des amis dans le voisinage, les Quidor. Je les adorais. Oh, ce vieux monsieur Quidor, comme il était bon ! Ils occupaient une maison juste un peu au-dessous des "Noisetiers", dans la côte de Caumont. Eux, ils pourraient te raconter. Leurs enfants aussi, je les aimais. Ils voyaient Robert enjamber les balustrades. Je leur disais toujours : "Il reviendra." Ils compatissaient. Ce serait une bonne idée de les revoir, tu ne crois pas ? Quelquefois leur fille Chantal te gardait ou jouait avec toi. Tu l'appelais Cancane, ça nous faisait rire. On allait souvent le dimanche au moto-ball, ça faisait un bruit d'enfer, et on riait, on riait ! »

Moto-ball… Ce fut comme si le mot lui-même s'ouvrait et répandait dans la chambre minuscule une odeur de gaz brûlés et d'huile de ricin, celle des bourdonnantes pétrolettes qu'il venait de réveiller dans ma mémoire. C'était le parfum âcre que j'avais respiré dans le hangar d'aviation de Carpiquet. Ma mère se mit à grelotter. Je lui ai passé sa robe de chambre. D'une poche qui bâillait un feuillet est tombé. Je l'ai ramassé et remis dans la poche. J'étais tout au récit de ma mère et au moto-ball des dimanches, un sport si rare qu'il n'est pratiqué qu'au paradis et encore, de façon saisonnière. « Ah oui, s'interrompit-elle en me rendant la feuille que je venais de ramasser, j'ai lu ça par hasard et je l'ai mis de côté pour toi. Pourrais-tu me trouver le poème entier ? » À ce qu'il m'a paru, c'était une page qui avait été arrachée d'un livre, un commentaire touristique sur « l'Autriche éternelle », où l'on citait un poème de Rainer Maria Rilke, *Corolle du nénuphar*. On en lisait quatre vers :

> *Par ce mouvement j'exerce mon empire*
> *Rendant réels les rêves du soir*
> *Car à mon corps du fond de l'eau j'attire*
> *Les au-delà des miroirs…*

Ma mère tremblait encore, bien qu'il ne fît pas froid. Je crois que c'était la joie et la douleur mêlées d'avoir tant parlé, la surprise aussi. Je lui ai dit que je lui trouverais le poème entier de Rilke, ça ne devait pas être difficile. J'hésitais à la quitter, puis elle m'a dit qu'elle se sentait fatiguée. J'ai pris congé de ma mère. J'étais abasourdi par ses révélations et envahi d'un bonheur étrange, comme si j'avais exhumé un trésor qui n'avait pas servi et qui n'avait plus cours.

J'avais déjà la main sur la poignée de la porte quand je lui ai demandé : « Pourquoi ne m'avais-tu jamais rien dit ? » Elle a semblé réfléchir, comme si elle-même se posait la question. Puis elle m'a répondu : « Parce que ma vie a été un mensonge. Avec Robert, je n'ai pas cessé de me mentir. J'ai fait comme si nous étions en ménage, comme si nous étions un couple établi et j'ai fini par le croire. J'arrivais même à lui servir un dîner ou un petit déjeuner à l'insu de mes patrons. Il arrivait aussi qu'ils soient retenus dans la semaine à Paris, pour leurs affaires, ça nous arrangeait. Après "Les Noisetiers", on s'est trouvés dans de vrais châteaux, à la Chastellerie, aux Béquettes, c'était encore plus commode. Robert faisait partie du paysage, il rendait des services. Il était chauffeur mais il aurait pu aussi bien être jardinier, acteur de cinéma ou je ne sais quoi. Il impressionnait physiquement mais aussi par sa personnalité. On disait qu'il avait descendu deux Allemands à Houlgate pendant l'Occupation pour laver un affront personnel, mais il n'en parlait jamais. Je voyais bien en quelle estime ses anciens camarades des FFI le tenaient, ils voulaient qu'il les représente, qu'il prenne la tête de leur association. Il allait vers les autres, c'était un homme chaleureux et ouvert, plein de vie et de ressources. J'aurais parié qu'il ne me trompait pas. Alors, chaque fois qu'il partait, je disais aux Quidor : "Il reviendra." Je me suis prise pour sa femme, sa légitime, la femme de sa vie, voilà mon mensonge. J'ai fini par le croire vraiment. Après, avec toi, j'ai continué. J'ai fait en sorte que toi aussi tu croies à ce à quoi j'avais cru. J'ai vu que ça te faisait du bien, et ça m'en faisait aussi. Je nous ai fait beaucoup de bien. Mais c'était une fable. »

J'étais confondu par l'intelligence que ma mère me révélait de sa propre histoire, quand moi, qui en étais le spectateur du premier rang, je n'en avais rien compris et que je la confinais, ma mère, dans le rôle de la pauvre inconsciente, de la victime aveuglément soumise à ses bourreaux. Je n'ai pas pu m'empêcher de lui demander, en balayant d'un geste l'espèce de tombe où je la voyais enterrée : « Mais qu'est-ce que tu fais là ? » Elle a pensé sans doute que j'allais lui servir mon petit couplet habituel sur le thème : « On est ce qu'on veut », c'était ma marotte depuis quelque temps, moi qui lisais les philosophes et dont le professeur vantait « l'esprit d'analyse ». Je n'en menais pas large quand elle m'a répondu : « Je connais ta rancune. Je la connais même mieux que toi. Tu m'en veux, tu m'en voudras toujours. Je ne suis même pas sûre que tu t'en rendes compte. La haine que tu as pour monsieur Ezine est bien trop forte pour que tu t'en aperçoives. Elle te cache le ressentiment que tu as envers moi, mais il est bien légitime et ça n'a rien à voir avec le fait d'aimer ou pas. Qu'est-ce que je fais ici ? Eh bien, j'expie. Je suis en pénitence. Comme au Bon Sauveur. Comme au Rouvray. La maladie permet ça, du moins. Il faut que je paie pour mes mensonges. J'ai poussé la folie jusqu'à séduire un monstre pour que mon amant vienne m'en délivrer. C'était un homme d'action, il avait bien volé au secours de l'autre, de sa réputation. Et pour moi, pour nous, pour toi, il ne l'aurait pas fait ? »

Ma mère m'a dit encore : « Tu trouveras Robert Demaine sur la corniche, à Houlgate. C'est la maison la plus en vue, tout en haut de la colline. On l'appelle la Datcha. » J'ai repris la crémone et tiré doucement la porte derrière moi. La clinique était plongée dans un épais silence. Debout à son bureau, le surveillant de l'étage battait la mesure.

5

L'homme aux leggings

En un seul lacet, la route de la corniche bondit
par-dessus les toits et les jardins suspendus et
embrasse un zeste d'éternité. Nous descendons de
la DS 19 et nous considérons un moment la mer,
Paul Cler, sa femme et moi. La table d'orientation
lance des flèches dans toutes les directions, Ouis-
treham, Sainte-Adresse, la baie de Seine. L'adjoint
au maire de Lisieux m'explique qu'ici ont été tournées, quelques années plus tôt, plusieurs scènes
d'*Un singe en hiver*. Je l'entends me parler de Gabin
et de Belmondo, du Yang Tsé Kiang et des nuits de
Chine, d'Antoine Blondin et de l'amiral Guépratte.
En me retournant, je devine, deux ou trois cents
mètres plus haut, dans le fouillis végétal, la haie de
thuyas qui marque l'entrée de la Datcha, à gauche
de la route. Je ne l'ai encore jamais vue, mais j'en
connais l'exacte position sur la colline. Ma mère
me l'a décrite dix fois, depuis qu'elle me parle.

Je n'en reviens pas d'être là. Je me sens confus et
un peu cotonneux. Paul Cler est surtout mon professeur de philosophie et il a tenu à mettre mon
fameux esprit d'analyse à l'épreuve du Concours
général. Il m'y a même conduit dans sa belle voi-

ture noire. Cinquante kilomètres de confort hydrau-
lique, il ne manquait que les gendarmes pour nous
ouvrir la route. Quand je suis sorti du lycée Malherbe, à Caen, à plus d'heure, il m'attendait sur le
trottoir avec sa femme, à l'endroit même où ils
m'avaient quitté cinq heures plus tôt, et il m'a
demandé : « Et maintenant, qu'est-ce qui te ferait
plaisir ? » Mais sans attendre ma réponse, il a dit :
« J'ai réservé une table dans un restaurant d'Houlgate, ça te va ? »

Je me suis demandé si c'était le hasard. Nous
n'avions jamais parlé d'Houlgate ni de rien, avec
Paul Cler, j'avais bien trop d'orgueil. Après l'é-
preuve, dans la DS qui poussait de temps à autre
un discret soupir en roulant vers la côte, j'ai été
débriefé comme un transfuge par un colonel des
renseignements au passage de la frontière. Mais au
restaurant, il me semble que Paul Cler s'est adressé
à moi comme il l'aurait fait à un fils. Il hésitait entre
l'enjoué et le solennel, me servait du vin et des
conseils. Il m'a dit : « Voyons les choses simplement. Il nous manque à tous quelque chose. Et à
tous, quelque chose d'essentiel, il ne faut pas se
leurrer. Il est inutile de s'attarder aux injustices qui
nous font penser que certains doivent endurer des
carences plus cruelles que d'autres, c'est égal. Ce
qu'il faut, c'est aller chercher ce qui manque. Et ne
pas craindre l'échec. Ce qui compte, c'est de chercher, c'est ça qui donne un sens à une vie. » Et il
m'a cité Jules Lachelier, le philosophe pour lequel
il avait une prédilection et dont ses cours célé-
braient souvent la métaphysique : « *On ne peut pas
partir de l'infini, on peut y aller.* » Encore un beau
sujet de concours, avons-nous ri. Lachelier n'avait

pas écrit cette phrase, il l'avait dite un jour à l'oreille du jeune Célestin Bouglé, le futur patron de l'École normale, dont Paul Cler avait toutes les raisons de se souvenir. « Alors voilà, je te passe la consigne. C'est un peu comme une instruction qui se transmet », s'est-il esclaffé, tandis que nous reprenions la voiture et quittions la rue des Bains pour nous engager vers la corniche et aller voir la mer d'un peu plus haut. C'était en somme un beau cadeau, cette consigne. J'ai promis d'aller vers l'infini.

D'ailleurs, il s'étalait à nos pieds. C'était une journée spéculative. Dans le lycée Malherbe absolument désert, j'avais eu un surveillant pour moi tout seul. Moi et la grosse pomme rouge que ma mère, le matin à Lisieux, avant mon départ, avait fait briller comme si elle allait passer le concours des plus belles pommes. Nous étions au comble de la vanité, ma pomme et moi. J'ai pensé aux adieux émus que le directeur du collège avait adressés à ceux d'entre nous qui tomberaient bientôt au champ d'honneur des iniquités du monde et des guerres de classes, « déchets parmi les déchets ». Ses fortes paroles m'avaient marqué. Au moins, j'étais un déchet de concours.

En somme, mon histoire empruntait ses acteurs au sous-prolétariat et ses décors à l'aristocratie, si bien qu'en tout lieu je me trouvais déplacé. Devant la mer, je me suis demandé ce que je pourrais dire de philosophique mais j'avais la tête à mes déchets et je n'ai rien trouvé. Cette absence de présence m'était un supplice, d'autant que Paul Cler s'était tu. Mon silence me mettait à bout. La femme de Paul Cler ne disait rien non plus mais n'avait pas l'air d'en souffrir, ce qui augmenta curieusement mon malaise. Des tankers glissaient sur la ligne d'horizon en direction du Havre. La mer n'ayant pas sa pareille pour se ressembler dans toutes les parties du monde, au moins dans son concept, mon professeur, qui avait d'abord évoqué avec humour les aventures chinoises du quartier-maître Quentin, est alors revenu sur le sujet des passations orales entre philosophes : Lachelier et Bouglé s'étaient rencontrés en vacances, deux étés de suite, en foulant en espadrilles les landes de la baie de Saint-Brieuc, sur le rivage même où, un demi-siècle plus tôt, Charles Renouvier avait recueilli la pensée de Jules Lequier, le philosophe de la liberté, celui à qui Sartre a piqué la formule magique, *« Faire et, en faisant, se faire »*. Décidément, me dis-je. On pouvait sans doute remonter ainsi toute l'échelle des temps et définir la philosophie comme une suite ininterrompue de dialogues sur la grève, le maître instruisant le disciple, lequel à son tour formerait un autre stagiaire. Les bords de mer, au prétexte d'émouvoir le populaire, n'avaient d'autre fonction que de sublimer la pensée. D'après Lequier, disparu avant d'avoir rien publié et dont nous ne saurions rien si Renouvier, qui le tenait pour son maître, ne l'avait sorti de l'oubli, cette vie ne serait qu'un songe. La sienne le démontre, qui s'écrivit tout entière sur le sable. Au reste, les témoins posthumes n'ont pas manqué autour de la fragile silhouette : Louis Guilloux, Jean Grenier ont évoqué ce fantôme qui n'a jamais cessé de hanter les parages de la baie des Rosaires à Plérin. Les songes sont comme des pensées, enseignait-il, et quelquefois c'est Dieu lui-même qui nous les souffle et nous instruit en secret. Cette vie est tellement un songe qu'on croit parfois se réveiller, « *alors qu'endormi on rêve encore que l'on s'éveille, ce qui est l'erreur des erreurs, comme le savant a la science de la science...* ».

Nous nous sommes arrachés à la mer, Paul Cler, sa femme et moi, et nous avons repris notre route. Jules Lequier a disparu sans jamais s'être réveillé du rêve qu'il faisait. Ayant aimé sans espoir de retour une certaine demoiselle Deszile pendant dix années, et alors qu'elle venait un soir de février de lui refuser une nouvelle fois sa main, il est entré à pied dans la mer, dans cette baie des Rosiers où il méditait chaque jour, il a marché droit devant lui et n'est jamais revenu. « On ne peut pas partir de l'infini, on peut y aller... », a conclu Paul Cler, et cette triste histoire m'a fait penser qu'il me fallait retrouver pour ma mère le poème de Rilke dont elle m'avait donné à lire un fragment.

> *Par ce mouvement j'exerce mon empire*
> *Rendant réels les rêves du soir*
> *Car à mon corps du fond de l'eau j'attire*
> *Les au-delà des miroirs...*

La DS a glissé en silence devant la Datcha et moi seul ai tourné la tête. La haie de bordure dissimulait presque entièrement la maison. Je n'ai vu personne. Juste une façade pensive, l'arête d'un toit, une jalousie se détachant d'un crépi jaune. C'est ma mère qui serait surprise quand je lui raconterais où Paul Cler avait imaginé de nous conduire en promenade. Elle y verrait sans doute un signe. Elle voyait des signes partout. Elle m'a d'ailleurs inoculé le virus. C'était comme pour la course à pied. Mon père n'en perdait pas une miette, il fallait qu'il s'invite à tous mes raouts.

J'ai laissé ma pensée en sentinelle sur la corniche. J'ai commencé d'attendre. L'apprentissage de l'infini a pris du temps. C'est devenu un rituel : je prenais mon vélo et j'allais visiter mes fantômes. Je m'arrêtais à la table d'orientation, je regardais la mer, je repartais. La Datcha avait souvent les volets clos. J'ai laissé passer plus d'un hiver. Des hivers en nombre. Combien d'hivers ? Autant qu'une impatience désœuvrée peut en contenir. Je repartais sans voir Robert Demaine. J'avais peur. C'est ma peur, je crois, qui fermait les volets de sa maison et le chassait de ma vue.

J'allais sur l'autre colline, celle où nous avions vécu, de l'autre côté de la station balnéaire. J'ai découvert la villa « Les Noisetiers », le mystère de ses fenêtres étroites, sa clôture blanche qui court le long du coteau boisé et le portique où pend dans le vide, au bout d'un mince fil d'acier, la poignée d'une clochette que le vent marin doit agiter, les nuits de tempête. Par un trou dans la haie, j'ai aperçu un petit garçon qui, accroupi et se déhanchant comme un canard, poussait un camion de pompier, un vieux modèle de ferblanterie avec une échelle non coulissante et un misérable grelot à peine sonore en guise d'avertisseur, à la mode anglaise d'autrefois, les hommes du feu étant rangés debout sur les marchepieds, de part et d'autre du véhicule découvert.

J'ai trouvé la Chastellerie juste derrière, un gros manoir de style Renaissance, qui tourne le dos à la route et au reste du monde pour ne rien perdre de la mer. Sur le terre-plein près de l'entrée, plusieurs autos étaient stationnées. Je me suis approché. Deux hommes devisaient au bas du majestueux perron. L'un d'eux portait un chandail marin et un chapeau aux bords largement ourlés, assez semblable à celui dont Fouquet coiffe le roi Charles VII dans son fameux portrait. Il montrait le contenu d'un seau au-dessus duquel les deux personnages étaient penchés. C'était à l'évidence le produit d'une pêche à l'épuisette, comme elle se pratiquait encore à cette époque à marée basse, où les ramasseurs, arc-boutés sur de longs manches et progressant en ligne, semblaient occupés à chasser la mer loin du rivage et repousser l'horizon. L'autre homme, en leggings et canotier, portait un appareil photo en bandoulière et affichait avec un naturel surprenant l'élégance d'un vieil acteur de comédie. On l'aurait dit échappé d'un de ces bouffons tableaux de société qu'exposaient jadis les auteurs de vaudeville et qui n'ont fait rire que leurs contemporains car ils n'inspirent plus guère aujourd'hui qu'une mélancolie douloureuse. Charles VII disparut dans le manoir et l'homme aux leggings, ayant rejeté le canotier sur sa nuque, sembla chercher l'angle sous lequel il immortaliserait la façade du manoir. « Quand la bonne lumière est là, il faut en profiter », me lança-t-il, comme il aurait parlé à un familier du lieu. Je lui ai dit que j'avais vécu ici autrefois, mais que c'était dans la petite enfance et que je n'en avais pas le souvenir. « Alors, dans ces cas-là, me dit-il, le mieux c'est encore de marcher, de bouger, parfois ça fait venir des images. » Et il m'a fait très aimablement les honneurs du domaine. Je lui ai demandé s'il connaissait le passé du manoir. Il m'a dit que le poète et chroniqueur Franc-

Nohain y avait passé quelques étés, avant la guerre. J'en fus spécialement ravi. Je comptais donc un artiste célèbre dans ma généalogie de proximité. « On rappelle en général à son sujet qu'il fut le librettiste de Maurice Ravel », a précisé mon hôte. Je ne demandais pas mieux.

« Nous avons eu aussi des voisins illustres », a-t-il poursuivi, et j'ai voulu croire que ce gentilhomme m'agrégeait à ce nous, qu'il m'associait à ce nous de majesté tandis que, brandissant subitement son canotier sur la gauche, il me désignait, aux limites de son territoire, une béance envahie d'une végétation sauvage : les Deschanel. Événement inouï, le bref président de la République, celui-là même qui par la fenêtre d'un train de nuit avait basculé en pyjama sur la voie ferrée, avait vu sa somptueuse villa disparaître elle aussi brusquement dans un trou. Avalée sans coup férir par la falaise. Une malédiction semblait s'attacher à ses biens autant qu'à sa personne.

« Je crois aussi que pendant la guerre et peut-être juste après, la Chastellerie a été occupée par un orphelinat tenu par des sœurs de charité, mais je ne pourrais pas vous donner plus de détails. Voyez plutôt de quel point de vue nous jouissons ici ! » L'homme aux leggings s'était tourné vers le large. C'était si merveilleusement irréel qu'on aurait dit la scène peinte d'un théâtre marin dont la Chastellerie aurait été la loge royale et le balcon.

J'ai goûté en usufruitier furtif cette beauté impensable et j'ai mieux compris mes rêves dispendieux de châteaux. Nous nous délections ici d'un regard imprenable sur l'infini. Imprenable et historique : de cette colline, nous avions encore assisté à l'appareillage de Guillaume le Conquérant et de ses compagnons, leurs noms étaient gravés à l'église, leurs bateaux incommodes avaient raclé l'estuaire de la Dives, à nos pieds.

En prenant congé d'un hôte si secourable à mes fringales de grandeur, je lui ai demandé de m'indiquer le château des Béquettes où j'avais passé mes derniers mois à Houlgate et il m'a répondu : « Ah, mais, c'est qu'il n'existe plus, mon bon monsieur. Il a été rasé. » Les seuls naufrages répertoriés, sur ce paisible littoral, étaient terrestres. « À la place, on a construit une résidence qui porte le même nom. On prend à droite en bas de la côte, c'est au premier carrefour. Mais ça ne vous dira plus rien. » Puis l'homme aux leggings s'est ravisé : « Aussi bien, je peux vous y accompagner si vous m'accordez deux minutes, le temps d'en finir avec mes photos, c'est à deux cents mètres. »

En marchant vers l'absence de château, j'ai sorti de mon portefeuille la carte postale ancienne qui le représentait et je la lui ai montrée. « Oh, dites ! C'est une photo qu'a prise mon père ! s'est-il exclamé. Mon pauvre père, Dieu ait son âme. Il était éditeur de tourisme, on voit encore ses productions au Salon des vieux papiers, vous n'allez pas au Salon des vieux papiers ? Il y en a un ici, mais il y en a partout sur la côte. Il publiait des petits guides, des brochures, des cartes postales. Voyez ce nom, en bas à droite. C'est mon nom. » Et il souleva son canotier pour terminer les présentations. Cet homme-là savait des quantités de choses, et ma curiosité était sans bornes dans ce périmètre. Il m'intéressait de plus en plus.

La résidence ne rappelait en rien le château dont

elle n'avait reçu que le patronage d'un nom autrefois fameux, mais elle en épousait la disposition et
on reconnaissait la courbe du chemin avec ses deux
arbres plantés comme des guetteurs. C'était troublant, cette géométrie qui persistait à organiser un
monde qui ne se souvenait de rien.

L'homme aux leggings m'a laissé là. Je l'ai remercié le plus chaleureusement que j'ai pu. Je n'avais
pas envie de couper les ponts. « Vous habitez la
Chastellerie et vous êtes photographe comme votre
père. Il se trouve que je suis dans une recherche
toute personnelle et que... » Il fit un geste de déné-
gation avec la main. « Pardon de vous couper, mais
vous commettez deux erreurs. Je n'habite pas la
Chastellerie et je ne suis pas photographe comme
mon père. Je suis agent immobilier. Mon père pho-
tographiait les châteaux pour les montrer. Moi,
c'est pour les vendre. » Il me tendit sa carte de visite
et me quitta sur un sourire engageant.

Je suis resté longtemps à rêvasser devant la résidence. Les deux arbres en faction et le dessin gira-
toire de l'allée qui descendait en pente douce
jusqu'à la route m'intriguaient. J'attendais. J'attendais je ne sais quoi. Je tournais le dos à la marina
qu'on avait élevée sur la ruine d'un château gothique, et je regardais la route là-bas, entre les deux
arbres. Exactement entre les deux arbres. J'aurais
été incapable du moindre mouvement. Une espèce
de stupeur m'a figé. Entre les arbres, je pouvais
voir sans être vu. J'ai su ce que j'attendais. J'attendais le moment où je me rappellerais que j'attendais. Je me suis vu attendre mon père. J'étais
renfrogné tout contre le tronc rugueux, je ne voulais rien faire d'autre. On m'appelait, quelqu'un

m'a appelé. Je n'ai pas bougé. Une voix de plus en plus pressante menaçait de venir me prendre mais je n'en démordais pas. J'avais mon père à attendre. Brusquement, je suis tiré de mon guet par une sourde vibration dans l'air suivie d'une pétarade : un motocycliste qui n'est pas mon père remonte l'allée et je cours me réfugier derrière le château.

« Vous cherchez quelqu'un ? » Une vieille dame en bottes et en ciré malgré le temps splendide s'est approchée de moi. Je tenais toujours à la main ma carte postale. En somme, oui, je cherchais quelqu'un, un personnage très important même parce qu'il possédait la clef de toute mon existence, tandis que moi qui le cherchais, je n'avais même pas la clef du songe qui me l'apportait parfois. C'était comme vouloir étreindre une forme irréelle, une ombre fantastique. Peut-être les mondes d'autrefois se métamorphosent-ils en songes et divaguent-ils sans fin, errant et se cognant parfois au décor qui leur survit. « Ah, si j'ai connu le château ! » s'est-elle attendrie, penchée sur la carte postale. « Ici, c'était les écuries. Vous vous souvenez des écuries ? » Je ne me souvenais pas des écuries. « Mais si, voyons, on se souvient toujours des écuries, parce que les écuries ont une odeur, et que cette odeur ne s'oublie pas. » Qu'est-ce que j'avais pu dire à cette vieille pour qu'elle me parle sur ce ton ? Elle avait ma carte postale en main et disposait la scène avec autorité. Elle gendarmait mon rêve. « Rappelez-vous, il y avait la mère Bigarreau qui venait dans les écuries donner du foin à son âne. Un enfant se rappelle toujours ce genre de chose. Elle vendait des cerises, elle a dû en accrocher quelques paires à vos oreilles ! On l'appelait la mère Bigarreau, elle en avait plein son tombereau. » Et là cette brave dame, en sorte d'aider le vieil enfant amnésique qu'elle tentait d'appeler à la vraie vie du temps jadis, fit un geste des deux mains pour arrondir joliment le volume bombé de la marchandise. La mémoire fait ce qu'elle veut et ses détours obéissent à une logique inconnue. Je ne me suis pas souvenu de la mère Bigarreau mais elle viendra peut-être un jour me visiter. Peut-être un matin dans mon lit vais-je m'écrier : « Mère Bigarreau, faites-moi de belles oreilles encore une fois ! » et l'on me croira fou, et l'on me donnera sans préavis les derniers sacrements. Pourtant, ses montagnes de burlats et de bigarreaux d'un rouge sombre m'ont apporté, du tréfonds des années que j'ai vécues sous un autre nom, un souvenir que j'avais perdu : la vision du château hérissé sur tous ses flancs d'une vigne vierge qui à la saison des chasses tournait à l'écarlate, et lui donnait un air de faisan doré. Les Béquettes flambaient, j'étais fasciné. Je récoltais les feuilles tombées, ce fut le début de mon herbier.

On va me croire dément, mère Bigarreau, mais pour moi la cause est entendue. C'est comme pour les navires qui hantent l'océan longtemps après qu'ils ont sombré. L'âme du château disparu rôdait sur les lieux de son naufrage et je ne doutais pas qu'elle avait reconnu dans ce piéton un peu hagard un compagnon d'infortune, je ne doutais pas qu'elle et lui étaient liés comme le miroir l'est au reflet. Le château qui n'existe plus avait réveillé le guetteur endormi. J'attendais mon père. Je le verrais au moins une fois. Il me parlerait, il me dirait sa vérité, c'est-à-dire la mienne, comme au temps où je me tenais à l'abri dans une cabane imaginaire, au fond d'une forêt qui n'est sur aucune carte.

J'ai réfléchi à la méthode. Il n'y en avait pas deux. Il fallait d'abord que je voie arriver devant moi l'homme que j'attendais maintenant depuis un quart de siècle, que j'attendais avec une résignation si abominable, un abandon si complet que personne au monde, me voyant occupé à vivre, n'aurait pu soupçonner qu'en réalité j'étais occupé à ne pas vivre, ce qui n'est pas exactement mourir. J'ai repris mes gardes sur la corniche.

Et un jour, l'impensable s'est produit, j'ai vu mon père. Je l'ai tout de suite reconnu. Il s'est extrait d'une voiture qui venait de s'arrêter à hauteur de la Datcha. Il a déplié ses deux mètres, a pris quelque chose dans le coffre, a refermé. Il était seul. C'était lui, c'était bien lui. J'avais demandé à ma mère, qui ne cessait plus depuis son dernier séjour en clinique de me pousser à provoquer la rencontre : « Dis-moi au moins à quoi il ressemble. » Ce n'était pas l'unique et misérable photo que je possédais qui pouvait m'être d'un grand secours, outre qu'elle rajeunissait le sujet d'au moins vingt-cinq ans. Elle m'a répondu, après avoir considéré longtemps ses mains, ses pauvres mains comme elle disait souvent : « Robert Demaine est quelqu'un qui ne s'oublie pas. » On m'avait dit récemment quelque chose de cet ordre à propos de je ne savais plus quoi. L'odeur des écuries.

Robert Demaine est haut et affiche des proportions à l'avenant dans toutes les directions. Il a des yeux bleus, très clairs, et je remarque en m'approchant qu'ils sont légèrement globuleux et un peu larmoyants. Il porte une moustache aussi, avec des coins tombants, ce qui me surprend de sa part. C'est idiot et je m'en fais instantanément la remarque. Rien ne devrait me surprendre, puisque je ne peux m'attendre à rien. Cependant, il ne portait pas la moustache au temps des autocars. C'est plutôt les coins tombants qui me prennent un peu au dépourvu, encore qu'ils ne tombent pas tant que ça. Je marche vers mon père et je suis dévasté à l'intérieur. Il me regarde. Il me devine. Et je vois tout de suite qui je suis dans son regard, je me reconnais immédiatement : un type qui va lui demander son chemin. C'est ce que j'avais décidé. C'était mon idée. L'aborder en touriste, facile, à l'aise, pardon, monsieur, vous habitez peut-être ici, pourriez-vous m'indiquer l'endroit où l'on a tourné plusieurs scènes d'*Un singe en hiver*, on m'a dit que c'était quelque part sur cette route ? Vous savez, le film avec Gabin et Belmondo, il paraît que les scènes d'ivresse quand ils descendent vers la mer ont été tournées par ici ? C'était mon idée. Une conversation s'engagerait peut-être. Et dans quelques jours, je lui aurais écrit. Tranquillement écrit. C'est feutré, l'écrit, ça n'a pas la violence d'un abordage frontal, ça ménage les distances et les sentiments et ça laisse la mémoire faire son chemin. Je lui aurais écrit pour lui dire que le jeune homme qui lui avait demandé ce renseignement était son fils. Son fils et celui de Jeannine Bunel. Est-ce qu'il consentirait à me voir, même très discrètement ? Déjà, sur le souvenir que lui aurait laissé ma tête, il aurait pu se faire une impression. J'aurais précisé que bien entendu, je ne souhaitais le déranger en rien, ni faire le procès du passé, qu'il fallait laisser le passé dans le passé, qu'au reste je ne lui en voudrais aucunement de ne pas donner une suite favorable à une demande aussi incongrue et que je n'avais en somme d'autre dessein que de faire, si une telle chose était possible et sans perturber le moins du monde le cours de son existence, la connaissance de mon père.

C'est mon plan. Robert Demaine l'a deviné, il a compris, il me vient en aide : son expression traduit la sollicitude sans impatience qu'on doit témoigner à l'étranger qui passe. Je vais donc y aller comme on a dit. Nous sommes en tête à tête. Mon père ! C'est fait, c'est arrivé, l'événement auquel je ne croyais plus vient d'avoir lieu. Mais là, que se passe-t-il ? Ai-je cru percevoir soudain chez lui une méfiance, une incrédulité, un imperceptible recul ? Est-ce que je me suis d'un seul coup senti transparent sous son regard trop clair ? Je crois plutôt que j'étais à cet instant incapable de débobiner la moindre pelote à propos d'un roman ou d'un film dont les prétextes m'avaient d'ailleurs fui, si bien que je n'en savais plus rien. Aussi lui ai-je jeté à la figure, avec cette violence calamiteuse que s'autorisent les émotifs : « Je suis votre fils ! »

Il m'a regardé sans comprendre, a paru navré. J'ai envié son flegme, quoi qu'il ait pensé à cet instant. Derrière le front vaste et bosselé, je n'ai pas senti se bousculer les questions. Il semblait plutôt consterné comme on peut l'être quand le hasard encombre votre seuil d'un halluciné qu'il va falloir éconduire. Je lui ai alors donné le nom de ma mère. Il a reculé d'un pas, m'a envisagé. À peine avait-il accusé le coup, il s'est exclamé : « Eh bien, en voilà une vieille histoire ! » Ce qui n'était que la stricte vérité et n'insultait personne. Cependant, dans l'état fébrile où j'étais, le sang me battant les tempes et le souffle coupé, je n'ai pas supporté d'être traité de vieille histoire et j'ai eu la plus idiote des répliques : « Donc, vous ne voulez pas me revoir. » Et n'en pouvant plus, révolté par ce que je venais d'entendre et que j'avais moi-même énoncé, j'ai tourné les talons.

Le regret m'a aussitôt assommé, redoublé par la honte, ma vieille et fidèle amie. L'un et l'autre, ils ne m'ont plus lâché. Je ne comprenais pas mon comportement. Le trac avait ruiné le présage qui m'avait tant de fois consolé, quand je me tenais à l'abri dans ma cabane mentale et que je n'osais plus en sortir. Robert Demaine avait seul le pouvoir de m'en délivrer par la pensée. Comment pourrait-il admettre que le jeune fou qui venait de l'apostropher de la plus sauvage façon avait un jour écrit son nom sur les murs d'une cave ? J'étais furieux contre moi. Moi qui préméditais la moindre action, au point que j'étais le plus souvent incapable de spontanéité, je venais de rater l'entretien que j'avais mille fois répété, mille fois vécu en songe. Pire : j'aurais fait sur Robert Demaine, à la première de nos rencontres, l'impression la plus fâcheuse et la plus fausse, précisément parce qu'elle est celle dont on dit qu'elle est toujours la bonne : je m'étais montré comme un jeune homme brouillon, confus et impulsif.

J'ai réfléchi au moyen de me rattraper. Lui écrire, après ce fiasco, m'obligerait désormais à déployer une séduction telle qu'elle paraîtrait calculée. Je ne m'étais pas décidé quand, quelques jours plus tard, juste avant le Nouvel An, j'ai reçu au courrier une enveloppe sur laquelle j'ai reconnu l'écriture de ma mère. Elle ne contenait pas la carte de vœux que je conjecturais mais un court article découpé dans un journal de la région, à la page des faits-divers, et collé sur un bristol. On y lisait qu'une collision entre deux voitures avait fait un mort à la croix d'Heuland, le soir même de Noël, 24 décembre, un peu avant minuit, sur la départementale 45 qui relie Houlgate à Lisieux. Le choc avait dû être d'une violence extrême car la victime, qui mesurait deux mètres et pesait cent vingt kilos, avait été retrouvée à huit mètres de son véhicule. Il gisait en position assise dans le fossé, précisait le texte. Il s'agissait d'un père de famille qui s'apprêtait à réveillonner avec son épouse et ses trois enfants, M. Robert Demaine, cinquante-neuf ans, résidant sur la corniche à Houlgate.

J'étais abasourdi. J'ai vérifié dix fois, retourné l'enveloppe dans tous les sens, maman n'avait ajouté aucun commentaire, pas le plus petit mot. Elle aura ainsi été pour moi la messagère des heures de Robert Demaine, jusqu'à la dernière. Très vite, le regret que m'avait laissé la scène de la corniche, qui n'avait peut-être pas duré une minute, a tourné en torturant remords. J'ai même eu le sentiment que la maladresse impensable avec laquelle j'avais abordé mon père avait fabriqué cette catastrophe. Qu'est-ce que j'avais provoqué là ? De la fatale distraction engendrée par le souci jusqu'au raptus suicidaire, toutes les hypothèses susceptibles d'expliquer l'inexplicable me sont passées par l'esprit. Comment un chauffeur aguerri, un professionnel, avait-il pu se laisser surprendre sur la route même, son domaine coutumier, à un moment si éclatant qu'il est impossible de le présumer fortuit ? Mortelle nativité.

Mon entendement naturellement vagabond s'est mis à battre la campagne. Jamais je n'aurais cru que la mort d'un inconnu pût produire un chagrin si profond que, privé en quelque sorte de matière et de ressources concrètes, il se transformait en hystérie de chagrin. J'ai dû admettre alors que je pleurais surtout sur moi-même, ce qui n'a fait qu'exaspérer le désespoir et la culpabilité que m'inspirait la disparition de Robert Demaine. Je ne savais pas qu'on pût aimer à ce point sans savoir du tout qui l'on aimait. Je suis allé jusqu'à soupçonner qu'en allant au contact de mon père j'avais traversé le miroir, transgressé l'interdit qui ordonne la frontière du réel et du songe et qui veille à contenir le passé dans le passé, à empêcher la collision des mondes. Voilà à quelles délirantes assomptions vous bousculent les questions sans réponse. Car il n'y aurait plus jamais de réponse à aucune de mes questions.

J'étais parfois si épuisé par ce deuil abstrait que je renonçais à lutter et, à l'inverse, remerciais le destin. J'étais même confondu de reconnaissance pour l'inestimable cadeau qu'il venait de me faire. Il m'avait tout de même permis, en considération sans doute de la ferveur filiale que j'avais témoignée à ce géant depuis la petite enfance, sans qu'il l'eût seulement devinée, de l'approcher vivant au moins une fois, de le voir vivant rien qu'une fois avant l'heure que Dieu avait choisie pour sa rédemption, la vingt-quatrième d'un 24 décembre. Il n'aura pas quitté cette terre sans m'avoir laissé ce qui m'avait tant manqué depuis le berceau : un souvenir.

J'étais anéanti par l'événement et travaillé par des intuitions contraires. Je ne savais pas si je devais me sentir mortifié ou soulagé. Si j'avais été instrument ou victime. Je m'avisai que, si j'avais suivi à la lettre le scénario en deux temps que j'avais prévu, mon père serait mort sans savoir qu'il m'avait revu. Mais une autre question m'empoisonnait : serait-il mort? On dit que les desseins du Tout-Puissant sont impénétrables. Est-on orphelin d'un père qui ne vous a pas reconnu? Pour mieux confisquer la vérité, Dieu parfois confisque les mots. J'ai pensé à la phrase de Jules Lachelier que Paul Cler citait souvent dans ses cours : *« Le monde est une pensée qui ne se pense pas, suspendue à une pensée qui se pense. »*

6

Deux veuves

Alors, maman est retournée au silence. Elle bredouillait pour elle-même des petites sentences pas bien méchantes ou bien s'exprimait par énigmes. Souvent, ses lèvres parlaient sans qu'il en sortît aucun son. Dans les jours qui ont suivi, elle a cherché sa tombe dans le cimetière, à Houlgate, et elle a déposé sur le marbre une bruyère en fleur. Elle a toujours aimé la bruyère. Je lui en cueillais du temps que je courais les bois. En plus, la fleur de bruyère est marcescente, elle subsiste desséchée sur la plante alors même qu'elle est morte. Il y avait une photo sur la tombe, un portrait dans un cadre de verre et elle a dit qu'il était resté bel homme mais que cette moustache ne lui allait pas. C'était la première fois qu'elle le revoyait. Elle se trouvait très audacieuse d'être là, avec lui, alors qu'il était marié, père de famille et qu'elle ne l'avait plus vu depuis vingt-cinq ans. À ce propos, elle m'a dit encore qu'elle était soulagée d'avoir appris, par l'article du journal qui relatait l'accident, que Robert Demaine avait trois enfants, ça voulait dire que le petit Serge avait vécu. Je partageais son soulagement : sans le petit Serge et sa maladie, qui avaient placé Robert sur la route de Jeannine, je ne serais pas là.

La visite au cimetière l'avait plongée dans une sorte d'exaltation et elle s'étourdissait des intuitions, des pensées, des annonces dont l'événement était le messager. Elle ne savait plus à quels détails inédits accrocher sa sollicitude et cette soudaine énergie la faisait paraître presque gaie. Non qu'elle eût puisé dans la mort de Robert une occasion de se réjouir, fût-ce de cette jouissance qui ne tient qu'aux ressources de l'amertume, mais cette fin brutale comblait un vide creusé par des décennies d'une souffrance aussi vaine qu'inlassable, privée depuis trop longtemps de conjectures nouvelles et elle lui apportait un motif tangible sur lequel son impensable amour trouvait encore à s'employer.

Elle est revenue le lendemain et a fait plusieurs fois le pèlerinage dans les froides semaines de janvier. Parfois, maman apercevait du monde devant la dalle grise où la pompe des solennités injectait une dose létale de regrets. Elle patientait à l'écart, à deux ou trois allées de là, dissimulée parmi les tombeaux, attendant l'instant où elle serait seule avec Robert. Un jour où le piétinement funèbre languissait, elle dut se résoudre à s'asseoir sur le coin d'une sépulture ancienne, où l'agrément d'une pierre évidée, remplie de sable et de coquillages, rappelait les plaisirs de la plage toute proche. Maman s'était mécaniquement assise au bord de la tombe de ce jeune frère de Robert qui avait agonisé pendant trois ans au retour de la déportation et en mémoire de qui on m'avait nommé. Elle m'avait avoué ne pas même s'en être rendu compte avant de se lever et de quitter la place, tant son attention était happée par les allées et venues autour de feu Robert Demaine. Elle me disait que nous portions le deuil d'un personnage important. Elle me disait encore qu'elle était bien tranquille, qu'elle serait la dernière à le pleurer, quand l'oubli et l'ingratitude auraient eu raison de la fidélité des siens et séché leurs larmes.

De toute manière, qu'ils fussent ou non parents, ces gens qui tournaient autour de la tragédie de Noël et que ma mère scrutait avec une avidité impuissante, le jour où je l'accompagnais, lui étaient tous inconnus. On sentait chez ces personnes, se persuadait-elle, une curiosité que la compassion n'épuisait pas. La raison véritable lui en échappait, tout comme à moi qui l'avais observée ce jour-là, un seul jour, le temps de comprendre, devant un nom désormais gravé dans le marbre, qu'il ne serait jamais le mien.

C'est en ville que la rumeur nous livra la cause des chuchotements qu'à peine refermée la dernière demeure de Robert Demaine recueillait chaque jour de la bouche des flâneurs informés, et ce fut pour ma mère une terrible révélation. L'église d'Houlgate avait été le théâtre, aux obsèques de mon père, d'un incident extraordinaire et, en vérité, presque inconcevable. Quand le prêtre avait prié la veuve de bien vouloir prendre place au premier rang, deux femmes en noir s'étaient avancées d'un même élan. Elles ne se connaissaient pas.

Dans un premier temps, au lieu d'y vérifier la justesse de son intuition quant au regard des curieux qu'elle avait surpris au cimetière, ma mère repoussa cette invraisemblance : comment un tel chaos serait-il seulement possible ? Je la sentais pourtant torturée par ce qu'elle tenait pour une création de la bêtise populaire. Robert ne s'était résolu à la quitter, elle, et moi avec elle, que parce qu'il était marié, que sa femme avait subi d'inqualifiables affronts et que l'honneur lui imposait de revenir à ses côtés. Robert Demaine était un homme qui plaçait l'honneur au-dessus de tout, de sa propre vie. Il nous avait même sacrifiés à la haute idée qu'il s'en faisait. Il n'était pas envisageable qu'il nous eût oubliés. Si l'opinion publique réclamait deux veuves, maman ne pouvait qu'être de celles-là.

Je comprenais les disputes qu'elle faisait à ce propos : maman aurait peut-être consenti à partager son amant avec une autre femme, si cette condition l'avait assurée de le conserver, mais elle n'entendait partager avec personne la douleur de l'avoir perdu.

Elle n'en démordait pas et m'affirma qu'elle serait à jamais dévouée au souvenir de mon père. Dès qu'on irait sur Noël, que les nuits s'illumineraient dans les villes, elle se ferait belle et elle irait à son rendez-vous sans se cacher des autres, cette fois, ni de monsieur Ezine, bien que l'âge ne l'ait pas calmé, celui-là. Mais ses brutalités de soudard la laissaient maintenant sans réaction. À la longue, il parut désemparé par l'indifférence de sa victime et a été admis à l'hôpital. Quand on a annoncé à ma mère qu'il était mort, étouffé par les rancœurs proliférantes, elle s'est rendue à la morgue et, devant moi, lui a soulevé la paupière gauche, pour vérifier. Elle m'a demandé si je voulais garder quelque chose de lui, j'ai répondu : « Je te remercie. Je t'aurais bien dit la haine, mais je l'ai déjà. » Elle m'a dit que ça ne me servirait plus à grand-

chose, maintenant. Je lui ai rétorqué du tac au tac :
« Sa mort ne changera rien, on continuera de ne
pas se parler. » Nous avons ri mais le plus discrètement que nous puissions, l'endroit ne s'y prêtait
pas.

À la réflexion, j'ai pris ma part de l'héritage : j'ai
choisi d'emporter le fusil. Je l'avais tout de même
défié, ce bon vieux Peugeot à deux coups, c'était
un souvenir. Il est toujours là, il repose debout sur
la crosse dans un angle de mon bureau. De temps
en temps je me surprends à l'épousseter. J'ai roulé
dans le canon le faire-part sur lequel j'ai écrit, au
soir de l'enterrement de monsieur Ezine, où je me
suis fait un devoir d'accompagner ma mère : « Si le
défunt s'avise de revenir d'être mort, je lui plombe
le spectre sans sommation. »

Elle n'a pas supporté de se cogner sans cesse à
Lisieux au fantôme de son violent mari, elle s'est
installée dans un village du nom d'Agneaux et elle
a commencé d'attendre Noël, avec une joie délibé-
rée et ce rire un peu mécanique qui m'inquiétait
parfois. Cette histoire des deux veuves avait pris
en elle d'étranges chemins. Un jour, elle m'a posé
cette question, sur un ton pressant et presque
anxieux : « Réfléchis bien. Tu es sûr que je n'étais
pas aux obsèques de Robert ? » Sans être tout à fait
dupe du délire auquel elle s'abandonnait, elle
s'imaginait parfois qu'elle y avait figuré à son insu,
en quelque façon matérialisée par le remords du
défunt à son égard. Sa mort était une terrible punition, il implorait son pardon. Il finissait toujours
par revenir, Robert. C'était sa loi, sa manière,
c'était tout lui. Elle le reconnaissait bien là. Combien de fois avait-il disparu, de son vivant même ?

Et puis, un soir où on ne l'attendait plus, un canard mandarin couinait à la fenêtre d'un château. Et le bonheur entrait à pas de velours. Alors, quand les illuminations lui feraient signe qu'il était temps de pavoiser et de se préparer pour le grand rendez-vous, ma mère s'habillerait comme pour une fête et rejoindrait Robert.

II

1

Dernières strophes

Les chaussures reposaient sur la berge et regardaient l'eau, serrées l'une contre l'autre, la laisse du chien remisée dans le pied droit. Je n'ai d'abord pas compris l'insistance du capitaine, cette histoire de chaussures bien rangées qu'il avait entrepris de me raconter et dont ses gestes trop précis semblaient inventer l'empreinte dans l'herbe mouillée. Est-ce que des chaussures regardent ? Je me souviens de cette tournure, d'une élégance rhétorique qui me parut en somme déplacée dans la bouche d'un capitaine des pompiers, suggérant que les bottillons avaient été disposés de façon à ne rien manquer de ce qui s'était montré là. Je ne pouvais détacher les yeux de l'étang. Un cygne noir glissait entre les joncs affalés ou rompus par les averses et le chaos de débris végétaux où se prolongeait la rive, reliques pourrissantes du dernier été qui sans raison me firent penser au mot « nymphéacées », remonté brusquement des profondeurs de l'enfance et des bassins du Mont Saint-Léger, où il s'étalait en lettres gothiques sur la ruine d'un écriteau de bois, et tel l'acteur qui déclame sa tirade pour une salle vide, mendiait un regard pour une maigre conspiration de rhizomes distribuant la mélancolie d'une fleur unique. Et ne parlant qu'à moi qui errais solitaire entre les vestiges de l'ancienne folie, il m'avait ensorcelé dans sa splendeur désuète et révélé au langage, qui n'est jamais, sublime ou vain, et parfois les deux, qu'un effort héroïque d'invention du monde.

Mais ici, dans la nudité sans mémoire de l'hiver, plus rien n'avait même de nom ni de couleur, le silence aspirait tous les mots, tous les souffles et le temps lui-même paraissait avoir déserté la scène et déguerpi sans demander son reste, avec la vie qu'il emportait, avec le secret.

J'essayais d'imaginer le cadavre flottant dans l'eau sombre qu'un chasseur, alerté par les longs aboiements d'Inouk, y avait découvert la veille. On n'allait quand même pas m'en remontrer sur les faits et gestes de la victime : qui la connaissait mieux que moi ? J'ai fini par dire au capitaine des pompiers qu'il ne fallait pas s'étonner, pour les chaussures, que ma mère avait passé le plus clair de son existence à se déchausser devant les choses prestigieuses et les tâches d'importance, à l'entrée des intérieurs bourgeois, des salons et des châteaux qui se disputaient ses services, que c'était une habitude chez elle, un rite de soumission qui avait intrigué mes jeunes années et auquel j'avais dû aussi me plier chaque fois que je l'accompagnais. Nos regards se sont croisés, avec le capitaine, à l'instant où je me revoyais, explorant en chaussettes les silencieux paradis où l'on tolérait ma présence et dont je jouais à me croire le prince. J'ai lu dans ses yeux qu'il avait lu dans les miens que j'avais compris. Mourir est important. Ma mère s'était déchaussée avant de mourir. Ma mère s'était déchaussée avant d'entrer dans l'eau pour mourir. Ma mère avait voulu, maman avait voulu mourir.

J'ai tout de suite ressenti un soulagement si intense qu'à ce moment il y entra, j'en suis sûr, de la fierté. La veille, au téléphone, on m'avait seulement parlé de noyade. J'avais craint un accident, un malaise, une glissade, le mauvais coup d'un malandrin peut-être, quelque vilaine chute sur le sentier étroit qui enferme l'étang dans un val si profond que le soleil renonce certains jours à en démêler les brouillards. L'hypothèse m'avait contrarié, maman n'était pas sujette aux calamités de cette espèce contingente. Ce n'est pas qu'elle n'ait pas subi, dans sa vie. Elle était même née pour subir, mais elle y consentait avec un zèle si obstiné, une application si dévote que le destin semblait l'avoir dispensée des malices qu'il jette parfois au hasard sous les pas des étourdis.

Maman aurait de toute façon jugé inconvenant de s'abandonner aux imprévus, qui sont fauteurs de désordre et attirent la curiosité, et elle qui fut une proie toujours disponible au malheur, je n'ai pas souvenir qu'elle ait jamais manqué une marche. S'il lui arriva, l'année de ses vingt ans, de se rompre les os à bicyclette, ce fut par une exception dont le caractère historique ne fait aucun doute et qu'elle n'évoquait pas sans rire beaucoup de sa sottise. Je ne l'ai d'ailleurs jamais entendue rire d'autre chose que de ce qu'elle appelait sa sottise, quand celle des autres ne lui tirait que des larmes. Tandis qu'elle pédalait nuitamment dans les prairies, en quête d'une chèvre égarée ou d'une heure de rêverie, elle vit se poser à faible distance, littéralement tombé du ciel, ce que les probabilités de l'époque (nous sommes en Normandie, dans les premiers jours de juin 1944) lui représentèrent aussitôt comme un prodige impossible, le fruit de son incorrigible sottise : un soldat américain. Elle en fut si saisie qu'elle ne vit pas le pommier qui s'interposait entre elle et l'apparition fabuleuse. Le pommier lui infligea une double fracture ouverte du bras droit. L'apparition lui bricola en urgence une écharpe de contention dans le tissu de son parachute. En hommage au libérateur, maman apprit à écrire de la main gauche. Elle resta ambidextre et en tira une sorte de gloire auprès des sommités dont sa virtuosité domestique fit très vite la conquête. Maman était véloce, légère et humble. On ne la voyait jamais assise. Elle passait, s'effaçait, ne s'appesantissait pas. Toujours dans l'esquive souple, l'air préoccupé, le talon ferme à la marche. Maman n'était pas du genre à se confondre en faux pas, pas plus d'ailleurs qu'à se perdre en confidences futiles ou à laisser paraître son découragement. Il avait tout de même fallu le Débarquement allié pour lui faire oublier son bel équilibre. Faire bonne figure était chez elle plus qu'un devoir, un sacerdoce. Si les humiliations la travaillaient, elle s'arrangeait pour n'en rien laisser voir et son rire pouvait alors devenir éclatant. Elle cachait les turpitudes, les remisait en bonne place, et revenait de la cure de sommeil ou des électrochocs en remerciant le Bon Sauveur. Je me demandais, enfant, à quoi ressemblait ce Bon Sauveur qui pratiquait la rémission des fatigues.

J'y ai pensé devant l'étang. Jamais maman n'aurait eu l'effronterie de disposer d'elle, de l'existence même, quand elle n'avait même pas la désinvolture de trébucher. Et pourtant, elle l'avait fait. J'ai préféré me dire qu'elle avait eu une apparition, comme en juin 44, qu'elle avait saisi la main qu'il avait plu au Bon Sauveur de lui tendre, à l'endroit et au moment qu'il avait à l'évidence choisi pour elle, l'innocente, et j'en fus frappé tout d'un coup : au lieu-dit de l'étang Sainte-Marie, à Agneaux, dans les temps de Noël. « C'est surprenant, mais il ne lui a fait aucun mal. » Le capitaine m'avait pris le bras et m'entraînait à l'écart. Il répéta à voix très basse : « Le cygne, là, il ne l'a pas touchée. Il aurait pu la défigurer. Vous savez, la méchanceté de l'animal est proverbiale. Et non seulement ça, mais il s'est cabré et a poussé son sifflement quand nous avons mis le canot à l'eau. Il nous interdisait l'approche. Comme s'il voulait défendre votre mère. Enfin, vous me direz, ce sont là bien des détails. »

L'animal s'était immobilisé au bout du chenal que son déplacement avait balayé à la surface des eaux dormantes et nous fixait de ses yeux rouges. Il semblait attendre les rogatons dont ma mère devait le régaler à chacune de ses promenades, à la volée, tandis qu'Inouk jappait dans ses jambes. Je pouvais même entendre, répété par ces rives, l'écho de son rire de jeune fille. C'est pour moi seul qu'elle riait maintenant, enfin délivrée de son chagrin, son vieux chagrin, un chagrin d'amour qui avait mon âge. Le capitaine indiquait des directions, récapitulait. « Personne ne vient jamais là, il faut déjà dévaler le sous-bois, c'est trop sombre, trop sauvage. Il paraît qu'autrefois les cochons des fermes alentour descendaient pour manger les lentilles d'eau mais un jour on en a retrouvé deux là-dedans, morts noyés. Alors, les paysans ont clôturé, là-haut. Depuis, il n'y avait plus eu d'accident. »

À la morgue, à Saint-Lô, on m'a remis un paquet enveloppé d'un sac-poubelle. Il contenait ses vêtements, les vêtements qu'elle portait quand on l'a repêchée. Il y avait aussi ses bottines, recueillies sur le bord, la laisse du chien enroulée avec soin dans le pied droit. J'ai pu voir ma mère. Elle avait une expression détendue, un air franchement dispos, presque indifférent et que je ne lui avais jamais connu. Au cimetière le lendemain, à l'instant de l'adieu, je me suis avancé au bord de la fosse, j'ai mis les mains derrière mon dos comme autrefois, et comme autrefois, je lui ai récité *Le Lac* de Lamartine. J'étais sûr de lui faire plaisir et fier de mon petit hommage. Je l'avais prémédité sans rien dire à personne, j'avais même révisé en cachette dans une librairie de la ville. Ma mère adorait les poètes. Elle disait qu'ils font des jolies phrases de tout, même du malheur des gens. Elle disait qu'on oublie les malheurs des gens, mais pas les jolies phrases des poètes. J'étais content qu'elle parte avec celles-là. Il aurait été convenable de juste les lui murmurer, c'est tout de même personnel, un adieu, l'adieu d'un fils à sa mère, surtout dans les circonstances. Mais je voulais qu'elles entendent ça, les vieilles au fichu noué sous le menton, toutes de même taille exactement, comme si elles faisaient bloc contre mes absurdes prétentions. J'aurais voulu qu'elles comprennent que ma mère était d'une autre trempe, qu'elle avait lu les poètes, qu'Alphonse de Lamartine lui-même s'était fait représenter à son enterrement. J'ai forcé la voix et le curé seul parut marquer un temps de surprise.

Ô lac! l'année à peine a fini sa carrière,
Et près des flots chéris qu'elle devait revoir,
Regarde! je viens seul m'asseoir sur cette pierre
Où tu la vis s'asseoir!

Éternité, néant, tout y est passé, je ne leur ai pas épargné la moindre strophe, je ne leur ai pas fait grâce d'une seule rime aux sombres abîmes. Le temps pour le coup avait suspendu son vol. Cette fois, ma mère ne m'abandonnerait plus. Je la tenais sous mon charme.

2

Mon camarade blafard

Désormais, il n'y aurait plus personne pour me parler de Robert Demaine, personne pour m'entretenir de sa légende. J'avais grandi sous sa rayonnante tutelle mais la légende était morte avec ma mère. Sans que je fisse le moindre effort pour dénouer la funèbre intrigue, effort dont j'eusse été au demeurant incapable, l'aviateur des balcons m'apparut alors dans l'aveuglante et brutale réalité où le monde se rappelle à nous à la sortie d'un cinéma. J'ai découvert d'un coup la fausseté de l'histoire qui m'avait été projetée et sur laquelle, dans le noir où j'ai vécu, je m'étais fabriqué un moi, une identité, un rêve.

Robert Demaine était un mercenaire de la classe des séducteurs. Pour ne retenir que celles qu'il a élues au passage de son char, et élevées au rang suprême auquel les prédestinait sa haine de la solitude, il a eu sept femmes. Comme Barbe-Bleue en somme, mais pas à la suite. En même temps. Disons, souvent de manière simultanée, le temps étant, par nécessité philosophique, facteur d'une chronologie susceptible de rythmer la course des événements mais dont Robert Demaine, en sa qualité d'ogre, n'avait pas la maîtrise. Autrement dit, et ainsi que le délibère Socrate dans *Phédon*, « *toutes ces choses tendent à l'égalité mais n'y parviennent qu'imparfaitement* ». Autre différence avec Barbe-Bleue, que l'humanité aveugle mais performante de Robert Demaine ravale au rang mineur sinon folklorique de vantard de conte de fées, mon père ne tranchait pas la tête de celles qui tombaient enceintes. Il ne craignait pas de signer ses crimes, quitte à les disséminer dans une géographie d'ailleurs restreinte. À elles sept, elles lui ont donné onze enfants. Bien entendu, le plus souvent, les uns ne connaissaient pas les autres. Ni les unes, les unes.

Ces vérités surgies de nulle part ruinèrent jusqu'à l'orgueilleux désespoir dans lequel j'avais vécu, où je tirais du moins le réconfort de me savoir « unique ». Maman n'avait rien su, rien vu, rien pressenti de cette débâcle cachée. Robert l'avait présentée à sa famille, à ses parents Gustave et Louise, dont les mains noueuses avaient caressé ma tête bouclée et maman m'avait parlé des Demaine comme de gens « très comme il faut ». C'était la catégorie d'humanité la plus haute à son estimation, et elle marquait dans son esprit une vertu plus qu'un statut social. Il n'y avait rien au-dessus des gens « très comme il faut » et sur ce sujet j'avais dans son jugement une confiance absolue, étayée par l'expérience incomparable, et à bien des égards prestigieuse, qu'elle avait acquise au service des gens « très comme il faut ». Bien qu'il ne fût pas un propriétaire, on parlait de Gustave Demaine, homme râblé et martial, comme d'un hobereau, jouissant des privilèges qu'on lui aurait consentis s'il avait été couronné roi de toute la corniche. Comment un patriarche aussi réputé aurait-il admis, de l'aîné de ses fils, pareils désordres sur son territoire ?

J'ai fait plusieurs fois le même cauchemar, dans les temps qui ont suivi le suicide de ma mère et les révélations qu'il avait par un néfaste prodige autorisées. J'étais assis au bord d'une pièce d'eau. Un cygne noir s'approchait de moi, il avait l'œil rouge et larmoyant et tenait dans son bec un lambeau de matière caoutchouteuse et colorée dans lequel je reconnaissais le cadavre de mon canard mandarin, couinant horriblement. Je tendais la main pour le lui arracher. Au moment où j'allais m'en saisir, le cygne noir laissait tomber sa malheureuse proie qui se noyait aussitôt sans un cri, tandis que j'entendais dans mon dos un rire, un grand rire d'homme que je ne connaissais pas.

Au premier Noël, je suis allé fleurir mes morts violents, à Houlgate, à Saint-Lô, le même jour. Il fallait qu'ils fussent associés par la même petite cérémonie. Je n'espérais plus qu'ils me fissent jamais signe. Je leur ai récité *L'Adieu* d'Apollinaire :

> *J'ai cueilli ce brin de bruyère*
> *L'automne est morte souviens-t'en*
> *Nous ne nous verrons plus sur terre*
> *Odeur du temps brin de bruyère*
> *Et souviens-toi que je t'attends.*

Je me suis fait l'impression de les marier posthumément. Robert, consentez-vous à prendre pour épouse Jeannine, ici absente ? Après ça, je ne suis plus jamais allé sur mes tombes à la date anniversaire. « Mare de Noël, marre de Noël », me suis-je surpris à noter dans l'agenda qui ne quitte jamais ma poche. C'était devant l'étang Sainte-Marie, une nuit de blues et de réveillon, je venais de faire des dizaines de kilomètres sous les foutues guirlandes qu'on accroche partout pour m'éclaircir le deuil. J'ai oublié. Oublié mon père. Oublié Jean-Louis Bunel. Oublié mon double. Oublié les miens dans leur archipel introuvable où les boussoles s'affolent, peut-être que le néant n'est pas loin. Oublié mon histoire.

Et j'ai frappé aux portes des littérateurs. Avec une sorte de frénésie. J'étais épuisant à rencontrer. J'avais un appétit d'au-delà, au-delà des livres, des mots, au-delà des mensonges et des fabrications. Une traque presque policière. Un besoin d'attraper le poète par la manche : eh, là, je suis ton lecteur, je suis ton double. C'est pour moi que tu écris. Qu'est-ce d'autre, écrire, que chercher son double perdu, son père, son frère, son lecteur ? Des deux côtés du texte, c'est la compassion même qui nous motive. Je cachais ma plaie. J'écorchais celle des autres. À cette époque, j'adorais surprendre les gens de lettres à la façon dont Heinrich Heine apostrophe son ombre :

Ô toi, mon double, mon camarade blafard !
Qu'as-tu donc à singer ma peine d'amour,
Qui m'avait tant torturé sur ces lieux mêmes,
Tant et tant de nuits dans les temps anciens ?

Je l'ai beaucoup fait. Singer les peines des autres, je veux dire. Sur les lieux mêmes de leur torture. J'étais visiteur d'écrivains. Je frappais, je sonnais, je m'annonçais au portail, je hélais parfois. Je les prenais au dépourvu. J'étais souvent un peu familier avec eux. Mais je ne faisais que leur rendre l'attention fraternelle qu'ils m'avaient autrefois accordée. Après tout, ils m'avaient tous connu dans mon abri mental : je l'avais meublé de leurs consolations, elles étaient disponibles en format de poche à la librairie de Colette Hédou. Ils m'avaient dit : nous avons tous des drames avec nos pères, c'est même à ça qu'on nous reconnaît. Il y en avait toujours un pour se retourner vers ses confrères dans mon abri mental : c'est pas vrai, vous autres ? Et tous, ils approuvaient d'abondance.

Chaque fois que la guerre faisait rage autour de la redoute imaginaire qui m'en protégeait, que les murs résonnaient des heurts, des ébranlements, du choc sourd d'un corps qui tombe, ils étaient là, fidèles. J'essayais de deviner à qui était le corps. À un homme ivre emporté par sa colère, que cette humiliation redoublerait ? Ou à maman ? Parfois, comme à la distribution solennelle des prix où j'étais souvent chargé de la récitation, je disais alors de mémoire un poème, c'était un réflexe qu'avait maman sous les coups, un truc qu'elle m'a donné, et c'est comme ça que j'ai aimé la littérature. Si on n'est pas chez soi dans sa tête, où pourrait-on l'être ?

Toujours il y avait cette souffrance d'être au monde, dont la famille était la chambre des supplices. Chez Aragon il fallait prendre les patins de feutre, nous glissions l'un derrière l'autre comme des manchots sur la banquise et je revois son dos un peu voûté qui me parlait, en réponse à ma lancinante curiosité, tandis qu'en colonne, donc, nous rejoignions le salon où Maria avait dressé le couvert : « Mon cher, j'étais un poids pour ma famille puisque j'étais censé ne pas en faire partie bien que j'y fusse élevé comme s'il se fût agi d'une famille d'accueil, n'étant pas un enfant légal et ma mère y étant otage... » Je comprenais, oh oui, je comprenais mais non, je ne comprenais rien, il fallait qu'il reprenne, plus lentement. Je faisais répéter. Je fais souvent répéter quand arrive le moment où il ne faut rien perdre. D'autant qu'on me parlait de moi, en somme. « ... ma mère y étant otage car elle passait officiellement pour ma sœur. » Ah, non, ça n'était pas moi.

Mon histoire, c'est qu'on m'avait caché mon histoire. J'en recueillais des bribes dans les corbeilles collégiales. J'en reconnaissais des morceaux. Je me tenais pour un piètre à qui on aurait volé sa vie. Soustrait son nom, son destin, sa nature, son monde. On m'avait laissé la haine, la rancune, l'ignorance, le dépit, c'était déjà quelque chose. Et avec ça, la liberté d'en user en sauvage. Mais je n'en faisais rien. Trop d'orgueil. Je me suffisais, et comment. Il n'est pas une femme dans ma parentèle qui soit née de père connu, d'ailleurs la notion même de père disparaît des états civils et est remplacée dans les pupitres communaux par une ligne pointillée : les femmes naissent des femmes, par l'opération du Saint-Esprit. On ne peut rien arracher au rien. Du moins je le pensais, sauf à faire parler les morts. Justement. Les morts parlent, quand les tombes sont mal fermées.

Je me souviens de cet autre Noël qui a vu mourir Aragon. À cause du jour, à cause d'avoir à mourir ce jour-là (« Encore un sapin pour Noël », ai-je noté dans l'agenda qui ne quitte jamais ma poche), à cause aussi de ma tolérance aux idées

candides, j'ai voulu croire que les miens me faisaient signe à travers l'événement, parce que, chez
le poète, nous parlions tout le temps des pères et
de leurs incessants mensonges. C'est-à-dire que je
le ramenais toujours là-dessus pendant les déjeu-
ners que nous préparait Maria, le dimanche, rue
de Varenne. Il me disait que sa fameuse formule
du « *mentir-vrai* » était mal comprise, parce qu'on
voulait y entendre que le mensonge se substituait à
la vérité comme à son contraire, alors que le mensonge inventait la vérité quand celle-ci avait été
empêchée, quand aucune vérité ne ressortait des
faits. Tous les illégitimes savent qu'ils devront se
fabriquer, non seulement sur le mensonge de leurs
pères, mais sur ceux qu'ils produiront eux-mêmes.
Parce qu'ils sont vierges de tout héritage, ils sont,
à la lettre, les innommables. On ne sait pas qui
l'on est quand on ne sait pas d'où l'on vient. Il faut
bien s'inventer. Se trouver, coûte que coûte. Il faut
bien se mentir.

Mère Bigarreau, faites-moi beau pour Noël !
C'est jour de mort et de guirlande, une tradition
dans la famille, et tant pis s'ils me croient fou. Je
sais bien, moi, que mon père m'a fait signe ce jour-
là, qu'il a même imploré mon châtiment. J'ai reçu
d'abord un coup de téléphone bien étrange. C'était
Jean Ristat, le poète ami du poète. Il m'a proposé
de venir rue de Varenne veiller la dépouille, si je le
souhaitais. Sa proposition m'a surpris, ému même,
car je n'étais pas en telle amitié avec lui que je
puisse l'accueillir comme naturelle et encore moins
comme allant de soi. J'y suis allé tout de suite.
Nous avons veillé Aragon tous les deux. Jean Ristat
m'a proposé un whisky écossais qui attendait d'être

vidé au frigo. Aragon était très beau, comme si la mort s'en était pris d'abord à l'âge qu'il avait, avant de consumer tous ceux qu'il avait eus auparavant, en remontant le temps, et cela, jusqu'à naître de nouveau au néant à la porte de quoi il faudrait rendre tout, les masques de comédie, les mensonges, jusqu'au costume sombre et à la cravate qu'il portait. Aragon paraissait en deuil de lui-même. Et j'ai tout d'un coup entendu Jean Ristat, l'exécuteur testamentaire du défunt, me demander sur un ton détaché : « Avez-vous déjà giflé un cadavre ? »

J'ai apprécié l'invite, bien sûr, en connaisseur. C'était la question qu'Aragon lui-même avait eu l'audace de poser à la mort d'Anatole France et le rappel de ce scandale était un joli mot de passe, une connivence entre poètes, en somme. Mais cette violence-là, pour en concevoir seulement l'idée ou feindre de lui céder, lever la main, mettons, il faut avoir savouré le désir de revanche des fils maudits contre la dictature des pères. Le mien, de père, était dans le coup. Il attendait sa gifle. Je lui avais tout donné. Sauf ça. Il mendiait sa punition, elle me conduirait à le comprendre. À lui pardonner d'avoir tué ma mère, quand en un quart de siècle de supplices monsieur Ezine lui-même n'y était pas parvenu, malgré toute sa rage, sa jalousie, l'inguérissable souffrance de ne pas compter. L'amour tue plus sûrement que la haine. Aragon m'avait dit : « Le mentir-vrai déforme les mots, il a ce pouvoir. » La formule m'avait fait penser à ces endroits étranges de l'espace-temps où les lois connues de l'Univers ne s'appliquent plus.

Et le regardant ne plus être, désormais hors d'atteinte, je pensais à Robert Demaine dont c'était le sixième anniversaire de la disparition et je lui ai dit : même ça, tu ne l'auras pas. Pas un mot de moi, pas un geste. Jamais. C'est fini entre nous. Nous ne nous verrons plus sur terre, ni ailleurs. La main tendue par-dessus le cadavre, j'ai remercié l'exécuteur.

3

Les pins maritimes

La gifle, c'est moi qui l'ai reçue. Dix-sept ans
plus tard, tôt le matin, à Pontault-Combault.
C'était à Noël, bien sûr, mais sur le coup (sous le
coup serait l'expression juste) je n'ai pas associé
non plus cette date remarquable de mon histoire
au visiteur inconnu qui est venu me la rappeler. Il
n'y est pas allé par quatre chemins, ou plutôt si. Je
dormais. Il a tambouriné à tous mes volets en
même temps, ce qui était déjà bien surprenant, et
sans attendre la réponse il a poussé un bâillement
qui a déplumé mon toit puis il a balancé un sapin
entier comme une vulgaire fléchette par la fenêtre
du haut. C'était comique et tellement excessif. Le
cyclone extratropical à neuf cent soixante hecto-
pascals prétendait au titre européen de « tempête
du siècle ». Il était temps : le siècle en question, qui
avait déjà tant donné dans la destruction, allait
baisser le rideau.

Je me suis pris la tête dans les mains, en murmu-
rant la petite prière que j'avais cueillie dans saint
Augustin, et que je me récitais autrefois, quand je
me rencognais dans ma cabane imaginaire : « *Que
veux-je dire, Seigneur, sinon que je ne sais d'où je suis*

venu ici… » Est-ce le tumulte sourd dont la maison était harcelée de tous côtés qui a réveillé les spectres de mon enfance ? Dans un réflexe bizarre et radicalement inapproprié aux circonstances, lesquelles avaient déclenché un chœur d'alarmes déchirant où tout le monde appelait tout le monde au secours, je me suis alors représenté ce qui n'avait plus d'existence pour moi autrement que sous la forme d'un passé à jamais perdu, et sur lequel le cyclone n'aurait pas dû avoir de prise puisqu'il était mort. J'ai pensé à Houlgate, à mon vaisseau d'enfance amarré sans protection, livré en première ligne à la fureur des vents, j'ai pensé à la fragile voilure de mes pins maritimes et à ma colline démâtée et naufragée et c'était comme si je mourais encore une fois à ma vie d'avant. Tout autour du jardin circulaient de drôles de tapis volants, de grands arbres résidentiels traversaient la route en seigneurs bafoués et s'en allaient parfois debout, comme s'ils essayaient d'échapper à cette folie avant de s'affaler plus loin, tels des fuyards abattus sans pitié, mais la réalité de la tragédie sur laquelle je ne parvenais pas à me concentrer se jouait pour moi ailleurs, et je n'avais de tourment que pour mon vieux paradis, où je ne possédais rien.

J'étais sûr que les pins qui bordent l'étroite route de Caumont, auxquels elle paraît s'accrocher comme aux barreaux d'un garde-fou avant de s'abandonner au vertige d'une longue glissade dans la baie, auraient été balayés comme de vulgaires fétus et cette vision emportait avec elle ce qui m'attachait à la vie même, et qu'elle avait déjà une première fois cruellement rompu. Dépouillée de son vieil ornement, cette route n'était plus rien pour moi.

Elle ne me parlait plus, me devenait étrangère, elle s'enfermait sur un secret qui ne serait jamais délivré. Ce sont là des impressions bien extravagantes, absurdement indignes des intellections auxquelles se reconnaît un homme raisonnable, surtout quand il se pique de lire les philosophes. Mais il arrive aux philosophes eux-mêmes d'éprouver de ces choses qui seraient ruineuses à leur réputation si elles devaient la fonder, par exemple d'aimer sans espoir de retour et de marcher dans la mer, sans espoir de retour non plus, avec le sentiment insensé que la baie des Rosaires, qui enveloppait depuis toujours votre existence et vos méditations de sa joyeuse écume, les aurait anéanties d'un seul coup, par l'effet d'un simple soupir empoisonné.

Si mes pins étaient encore debout, c'est qu'ils avaient quelque chose à me confier qu'ils avaient vu, voilà dans quel désolant état d'esprit j'ai sauté dans ma voiture et entrepris ce pèlerinage en Normandie, sans attendre que les vents fussent tombés. Ce fut comme un parcours du combattant, dans un paysage de guerre. Partout, la tempête avait jeté des barrages en travers du commerce des hommes. Quand je suis enfin arrivé tout en haut de la colline, et que j'ai découvert la route étroite qui m'avait connu enfant, deux rangées de pins maritimes lui faisaient une triomphale haie d'honneur. Le pays se souvenait encore de moi.

Dans le contexte de ce Noël plein d'embûches et sur un lieu aussi exposé, c'était un miracle. Il y eut même une éclaircie sur la rade et le soleil est venu bénir cette modeste épiphanie. L'ombre des troncs maigres fit alors comme des stries parallèles sur la petite route et j'ai dévalé du regard cette échelle fabuleuse, degré après degré, jusqu'au virage en épingle qui vous fait tomber sur la côte de Sarlabot. Une sensation fugitive, liée au défilement de l'ombre et de la lumière, a remué en moi quelque chose d'indéfinissable et est allée s'ajuster à un souvenir qui n'était pas le mien mais qui me venait de ma mère : elle m'avait raconté que mon père avait installé, sur la barre horizontale du vélo qu'il utilisait parfois, une selle d'enfant où il me juchait, si bien que je me trouvais aux premières loges. J'étais sûr d'avoir descendu cette côte ainsi, la tête dans le vent. Les vieux amis que le cyclone avait épargnés avaient conservé la mémoire de mon frisson. J'espère qu'ils le garderont longtemps encore. Un pin maritime peut vivre cinq cents ans. Ceux-là se souvenaient de toutes les guerres et avaient vu tous les navires, ce qui donnait à leur témoignage une valeur sans prix. Pour moi, dans l'exaltation où j'étais, c'était comme si Robert Demaine, qui n'avait cessé de gouverner ma vie, se tenait encore tout près derrière moi et ne me lâcherait plus. Il venait même de me le faire savoir.

La promenade l'avait sans doute rassuré, le pays avait tenu. Si j'allais le reconduire maintenant chez lui, il n'aurait rien contre. Je suis allé sonner à sa porte, sur la corniche, délivré du trac qui m'avait tant de fois empêché de le faire de son vivant. Une femme blonde aux yeux très bleus, bien trop jeune pour faire une veuve acceptable, a traversé le jardin jusqu'au portail et m'a ouvert. Je me suis dit que c'était fichu. En m'excusant pour le dérangement je lui ai demandé si j'étais bien chez Robert Demaine ou si ce nom lui disait quelque chose et elle m'a répondu : « C'est bien ici, mais mon père est mort il y a vingt-trois ans. » Le chiffre m'a surpris, mais je n'ai pas discuté : « Tant que ça ? Alors, le mien aussi. » Elle m'a aussitôt prié d'entrer.

Elle ne paraissait pas intriguée et ne m'a posé aucune question. Pourtant, comme j'ai pu le vérifier aussitôt, elle ignorait mon existence et n'avait jamais entendu parler de moi. J'ai été accueilli avec la familiarité résignée et vaguement indifférente qu'on aurait témoignée à un parent qu'on n'attendait pas mais que l'on côtoyait à longueur d'année. En somme, j'étais une surprise, mais une surprise qui n'étonnait pas.

Les yeux bleus m'ont fait asseoir dans le salon et là, j'ai eu un choc : il y avait au mur un portrait de mon fils aîné. Aurélien me dévisageait lui-même fixement comme s'il avait oublié qui j'étais mais que ma tête lui disait toutefois quelque chose. À moins qu'il n'ait été étonné de me voir là. Ou peut-être qu'il jugeait que j'avais mis du temps à le retrouver. C'était lui, trait pour trait, avec une expression un rien fâchée qui lui verrouillait le sourire, mais dans une époque qu'il n'avait pas vécue et dans un uniforme qu'il n'avait jamais porté. Je me suis levé sitôt qu'assis pour mieux considérer le phénomène. Je ne pouvais m'arracher à cette apparition. « Mon père à vingt ans », a commenté la femme blonde aux yeux très bleus. J'ai bredouillé encore une fois : « Le mien aussi. Je veux dire mon fils, il a vingt ans aussi. »

Il était ahurissant de découvrir ces filiations intruses qui se jouent du temps et manœuvrent nos expressions les plus singulières, telles les ficelles les pantins qu'elles articulent. Les yeux bleus m'ont regardé comme le profane qui vient d'entrer au temple. Non, vraiment, on n'avait jamais entendu parler de moi.

Quant au grand absent de la scène, et bien qu'il en fût le héros, il s'avéra impossible à nommer. Ce fut comme si nous avions le néant à contourner, cette femme et moi. Je ne pouvais pas dire « mon père », puisqu'il était aussi le sien. Ni « votre père », parce qu'il était aussi le mien et que j'étais là pour le déclarer. Ni « notre père », parce qu'il n'y avait pas de *nous*. Il manquait toujours quelque chose. Quant à le désigner simplement sous son nom d'état civil, Robert Demaine, c'était comme en faire un étranger à la réunion qu'il avait en somme provoquée. Nous étions dans un no man's land du langage. Il n'y avait pas de mot pour dire ce qui exigeait d'être dit et qui avait été radié du monde réel. Les mots ne participent que du monde vrai mais le monde vrai ne contient pas tout du monde. C'est comme le fameux blanc des cartes des explorateurs. Vous pouvez toujours mettre un nom dans le blanc des cartes. Mais alors, vous inventez.

Le mentir-vrai, nous y étions. On voyait bien qu'autour du silencieux fantôme de Robert Demaine, le temps s'était arrêté. Vingt-trois ans après sa mort, il restait le grand homme des siens : il figurait sur tous les murs, le plus souvent en soldat, à pied, à cheval ou assis sur l'affût d'un canon, accompagné de ses citations à l'ordre de la brigade et de la croix de guerre. Il était manifeste qu'on entretenait son souvenir avec une dévotion que les années n'avaient pas entamée. Soudain d'autres personnes sont arrivées, alertées par le téléphone, et elles se sont mises toutes à parler en même temps. C'étaient tous des enfants de Robert. Un garçon, trois filles, en comptant l'hôtesse blonde. Ils étaient donc quatre. En revanche, le garçon ne s'appelait pas Serge, mais Patrick. J'étais étourdi, sonné. C'est ainsi que j'ai fait la connaissance de mes trois sœurs et de mon frère, le même jour. J'étais presque incapable de parler mais je n'en souffrais pas, le monde tournait sans moi, à toute allure. Des tiroirs se sont ouverts, un tourbillon de photos, de papiers s'en est échappé, une correspondance de Londres écrite en anglais et signée Wheeler, envoyée à mon père non chez lui, j'ai tout de suite noté cette discrétion, mais à l'adresse d'un café de la banlieue de Caen qui avait dû servir de boîte aux lettres. Il y avait aussi des articles de presse sur la Ire armée de Jean de Lattre, de glorieux certificats ornés du sigle Rhin et Danube.

Vers la fin de l'après-midi, je leur ai demandé de me parler de mon père. De me dire quel genre d'homme il était, à quoi il s'occupait, s'il avait des passions. Robert Demaine était doué pour le dessin. Parfois, quand un mur se dégradait à l'intérieur de la maison parce qu'elle était adossée à un ressaut de la falaise, il dissimulait le dommage au moyen d'une toile qu'il peignait pour l'occasion, en veillant à adapter le motif à son placement. Il excellait dans le trompe-l'œil, et pas seulement comme peintre. Il avait fait toutes sortes de métiers auxquels il n'accordait pas le moindre intérêt, il les accueillait comme un acteur de complément se serait acquitté des petits rôles de composition que le hasard lui aurait proposés. Il regardait l'existence comme un théâtre qui aurait manqué de sérieux. C'est lui qui en manquait, mais il donnait le change. On le signalait même un moment comme garde du corps de

Guy Mollet, alors président du Conseil. Tout le monde a ri à cette évocation, comme d'une bonne blague. Ce fut pourtant le seul de ses emplois pour lequel il aura eu, au sens exact du mot, le profil.

Il faisait souvent de longues randonnées sur la falaise des Vaches Noires, encore très sauvage à l'époque, le fusil à la bretelle, fouinant à la recherche de terriers, de fossiles ou même de rien, devant la mer qu'il contemplait parfois pendant des heures. Il avait la manie de tout noter, m'a-t-on dit. Autour de lui, on trouvait ça curieux, car il notait des choses qui n'appelaient pas un exercice de mémoire. Mais on n'a rien retrouvé à sa mort, aucun carnet. Que des croquis, des ébauches parfois ésotériques et des grilles de mots croisés, l'un de ses passe-temps favoris. Il avait même appris l'anglais par ce moyen, quoique personne ne l'ait jamais entendu parler cette langue. Il semblait principalement occupé dans sa vie à attendre quelque chose. Quelque chose qui n'arrivait pas. Quand il s'aventurait vers la falaise, on entendait parfois une ou deux détonations dont l'écho roulait dans les éboulis rocheux mais il ne rapportait jamais de gibier. Il revenait seul, et l'on se disait qu'un jour il ne rentrerait pas.

Il avait vécu de manière extravagante et il est mort comme par distraction. Peut-être s'était-il fatigué d'attendre. Ils m'ont raconté l'accident. Il ne manquait plus pour attaquer le dîner du réveillon que la plus jeune fille de Robert. Elle venait de Paris en auto. Un peu avant minuit elle a téléphoné, depuis une cabine de Pont-l'Évêque : elle venait de tomber en panne, elle n'était plus qu'à une vingtaine de kilomètres de la maison, c'était trop bête, pouvait-on venir la chercher? Robert a pris sa voiture, avec un autre de ses enfants, le garçon, Patrick. Ils ne sont jamais arrivés. Le garçon s'en est tiré avec de graves blessures mais il n'en parle pas. Il ne demanderait pas mieux mais il ne se souvient de rien. Comment parler de ce dont on ne se souvient pas? Au bout de cette veillée d'épouvante, quand la cadette épuisée par l'attente est remontée dans sa voiture, à Pont-l'Évêque, elle est partie au premier coup de démarreur.

Les morts absurdes ont souvent le pouvoir de dénouer les mensonges et les impostures. L'histoire des deux veuves se précipitant à l'appel du curé et se disputant le même prie-Dieu était vraie. Il y avait deux familles et elles s'ignoraient, quoiqu'elles fussent installées sur le même rivage. La famille d'avant la guerre et la famille d'après ne se sont jamais adressé la parole. Mais les deux veuves, ce n'était qu'un début, l'incipit de la biographie. Entre les deux, l'artiste disparu avait aussi disposé de nombreux intermèdes. Il épousait au hasard et divorçait par nécessité. Mais en général, il se sauvait avant les écritures. Sa vie sentimentale ressemblait à une partie d'échecs en simultanée. Sept femmes, onze enfants. On ne savait pas comment on le savait puisque aucun de ces dix-huit n'avait de regard sur la totalité. J'étais numéro cinq (dans la série des onze), fils de numéro trois (dans la série des sept). Un simple interlude, court divertissement dans un programme dramatique, exécuté entre deux pièces plus importantes, et destiné à faire patienter le public. Au ban du ban.

Tout d'un coup, l'hôtesse aux yeux bleus m'a dévisagé et a jeté dans l'assemblée l'argument à

trois postulats qui imposa le silence et fit conver-
ger à nouveau vers moi tous les regards : « Dites,
vous n'étiez pas bouclé très blond, avec des anglaises ? Votre mère n'était pas une petite brune ? Elle
ne s'appelait pas Bunel ? »

4

Héritier du chaos

J'ai repris ma voiture et remonté le temps encore un peu. Il n'était pas question de clore une instruction aussi prometteuse. J'étais à peine fébrile quand j'ai sonné à la grille de l'autre famille, la famille d'avant, à Blonville-sur-Mer. J'étais juste impatient de connaître Serge, au chevet de qui mon histoire avait commencé. Je lui devais de vivre, en somme. Mais ici, quand la porte s'est ouverte, j'ai su que la joie ne serait pas au programme. Serge venait de mourir, un petit mois plus tôt. Nous ne serions jamais plus proches l'un de l'autre qu'en cet instant, ni jamais plus étrangers. On m'a montré des photos et j'ai pleuré la mort d'un homme que je n'avais jamais vu et dont je ne savais rien. Sinon qu'il était mon frère.

Encouragé par l'accueil que j'avais reçu sur la corniche, j'étais arrivé devant le pavillon de Blonville rempli d'une sorte d'enthousiasme qui se découvrait grotesque et déplacé et je ne savais quelle contenance adopter. Les zélateurs de Robert Demaine n'étaient pas les bienvenus sous ce toit qui avait été le sien, pendant la guerre. Une femme m'avait ouvert. Nous avons parlé, la fille aînée de

Robert Demaine et moi. De lui, elle avait le regard, l'entrain, les épaules, mais la méfiance l'habitait. Il émanait de sa personne une loyauté sur le qui-vive. Aucune des plaies anciennes n'avait cicatrisé. Tout était parti d'un mensonge de Robert et de l'odieuse légende qu'il avait provoquée après l'Occupation. Les explications qu'il avait fournies à ma mère sur sa situation conjugale, pour se donner le prétexte de la quitter, étaient fausses. Sa femme d'alors n'a pas été tondue ni livrée aux insultes de la foule, on ne lui a pas craché au visage en criant : « Eh, la putain du Boche ! » comme tant d'autres qui étaient tout aussi innocentes. Jamais elle n'a été accusée d'avoir commis l'adultère avec l'ennemi, jamais elle ne s'est cachée d'un quelconque déshonneur, ni n'a fait de chantage au suicide pour qu'il revienne au bercail. Le suicidaire, c'était lui, Robert. Elle avait simplement décampé dans le Midi avec ses trois enfants pour soigner le petit Serge, qui avait failli mourir à l'hôpital, et lui permettre de retrouver la santé au soleil. Trois ans. La cure avait duré trois ans. Ce furent les années où, à Houlgate, Jean-Louis Bunel connut le paradis. À l'instant, il découvrait l'envers du décor.

Serge, m'a-t-elle dit, haïssait son père : s'il l'apercevait en ville, il changeait de trottoir. Cette nouvelle m'a stupéfié. Comment pouvait-il se faire que ses enfants légitimes eussent détesté Robert Demaine alors que moi, numéro cinq dans la série des onze, moi qui avais été oublié comme un paquet encombrant au bord de sa route, je l'avais toujours aimé, toujours attendu, toujours espéré ? C'est sans doute que je ne l'avais aimé qu'en rêve, mais cet amour fallacieux m'avait sauvé. La duperie et l'illusion fabriquent peut-être les sentiments les plus durables et les plus fidèles, puisqu'ils s'épargnent par définition l'épreuve des faits. Or, dans les faits, les enfants de cette première fratrie n'avaient guère vu non plus l'insaisissable Robert. Ils ne l'ont même jamais appelé papa. Il apparaissait, les poches pleines de cadeaux, et il disparaissait. Jusqu'à la fois suivante.

Ce fut un soulagement pour le bâtard d'admettre que Robert Demaine n'avait pas assumé non plus la paternité des enfants auxquels il avait donné son nom. Ce n'est pas que j'aie trouvé motif à me réjouir de leur amertume, mais elle me rapprochait d'eux. Même dans la deuxième famille, là-haut sur la corniche, où la tutelle paternelle rayonnait encore sur la tribu, un embarras se devinait quand les questions se faisaient plus précises. On ne l'avait pas connu tant que ça et dès que les souvenirs remontaient aux lointains de l'enfance, ils devenaient flous. Robert était un papa du dimanche : il avait placé les trois filles et le garçon en nourrice. Ils connurent quatre endroits différents. Quand elle parlait de lui, l'aînée happait l'air et disait curieusement : « apa ». Je n'ai pas la science du docteur Lacan mais je ne pouvais pas m'empêcher d'entendre : a pas. A pas de papa. Il nous a tous abandonnés.

Sur le pas de sa porte, j'ai demandé à la fille aînée de Robert Demaine, numéro un dans la série des onze, où je pourrais rencontrer son autre frère, le cadet de Serge. Elle m'a dit que c'était inutile, qu'il ne m'ouvrirait pas, que c'était un furieux de caractère. Nous nous sommes regardés en silence, sans trop savoir comment nous devions nous regarder. Je n'ai pas insisté et je l'ai quittée.

Je suis revenu à Houlgate où mon père avait eu une amie réputée, Denise Tosoni, qui était pianiste et écrivait des poèmes. Il a laissé à cette artiste l'image d'un voltigeur de balcons et d'un amant compulsif. « C'était un courant d'air, mais son portefeuille était plein des photographies de ses conquêtes. Je lui disais toujours, en pointant sa collection : moi, Robert, tu ne m'auras pas ! Il ne m'a pas eue, je tenais trop à son amitié. Si je me l'attachais autrement, je savais que je le perdais. Sous sa joie de vivre, on sentait un suicidaire, empêtré d'un désespoir dont il ne m'a jamais révélé la cause et refusait de parler. Mais c'est par là qu'il me touchait. » Il se montrait toutefois élégant et spirituel jusque dans ses accès de détresse : quand on lui reprochait de disparaître trop longtemps, il répondait que ça n'était pourtant qu'un aperçu.

Des poèmes de Denise Tosoni, il n'existe qu'une édition confidentielle dont elle m'a remis un tiré à part médiocrement ronéotypé. J'y ai lu ce quatrain :

> *Dans le vieux port de mon pays*
> *N'est pas rentré le* Vent-Coulis
> *Et la Jeannine tourmentée*
> *Erre seule sur la jetée.*

La mère de Robert, Louise, une femme dont on ne tarderait plus à découvrir que toute l'histoire de son fils procédait de son insondable mystère, à elle, semble avoir été complaisante à ses frasques sexuelles. Elle les encourageait, accueillait la maîtresse du moment avec l'effacement zélé des hôtesses accomplies, comme si elle savait quelle névrose Robert soignait là. Mais le jour où il avait menacé d'en finir et de se pendre, elle s'était proposée à lui fournir la corde. Étrangement, c'est le seul mot de Louise qui ait franchi le seuil de la postérité.

Cette bonne à tout faire (et ce fut une surprise pour moi d'apprendre qu'elle faisait le même métier que ma mère, qui la comptait au nombre des gens « très comme il faut ») était la mutité même. Elle n'ouvrait jamais la bouche. C'est même par ce trait unique qu'on se souvient d'elle. L'aïeule d'une danseuse-étoile de l'Opéra de Paris qui l'avait prise à son service avait été frappée par le génie de cette domestique à se faire oublier. « Tout à coup on se demandait : mais où est donc passée cette pauvre Louise? Et on la retrouvait à la cave, où elle avait enduré des vapeurs brûlantes toute la sainte journée, à lessiver des draps sans même prendre une pause. »

La discrétion est sans doute une vertu. Mais Louise l'aura illustrée sa vie durant avec une telle intempérance qu'elle aurait pu proposer, si cette pathologie avait le pouvoir d'exciter la curiosité clinique au lieu de l'endormir, une version délirante et presque inhumaine de la pudeur. La tête un peu penchée sur le côté, dans une posture d'effacement ou de soumission mais peut-être aussi de légère ironie, elle semblait mortifiée par l'intérêt qu'on lui témoignait. Sa retenue était telle qu'elle n'était justement pas fondée chez elle sur la rétention mais paraissait sourdre en continu de toute sa menue personne, s'enroulait avec volupté autour d'un sourire grêle qui décourageait le partage, noyait d'avance la curiosité polie qu'elle aurait pu inspirer et finalement envahissait l'espace où elle se montrait en quantité telle qu'on aurait pu dire de cette taiseuse qu'elle était volubile de ses silences : personne n'est jamais parvenu à les interrompre.

Elle a certainement atteint dans ce domaine un absolu interdit à la plupart des vivants. L'écrivain Thomas Carlyle, qui était fort ténébreux, moitié parce qu'il était né dans une famille pauvre et déclassée, moitié parce qu'il avait beaucoup lu les philosophes allemands, et dont la taciturnité faisait le désespoir de sa femme Jane, lui répondait toujours avec orgueil : « *On devrait élever une statue au silence.* » Cette statue a existé. Elle avait les traits de Louise Demaine, la grand-mère par la main gauche de Jean-Louis Bunel, sa grand-mère de contrebande qui l'avait connu sous un nom et des boucles blondes qu'il ne porte plus.

Je suis né de ce côté-là, le côté du silence, lequel avait même son quartier dans la ville. La bonne société d'Houlgate se séparait alors en deux clans que distribuait le Drochon, un simple ruisseau au plan de l'hydrologie, mais une frontière inviolable à celui du symbole. Sur la rive gauche, la « mienne », si l'on autorise à ma mémoire cette tournure excessivement possessive, les protestants maintenaient un cercle d'érudition autour de leur temple : des intellectuels, pour la plupart. La colline était coiffée par le château du comte Foucher de Careil, un philosophe aujourd'hui oublié, découvreur de Schopenhauer, qui laissa aussi un admirable commentaire de Leibniz. Il fut sénateur, préfet, journaliste, fondateur du *Messager du Calvados*. Il faut croire que la pratique de la pensée se conciliait encore la bienveillance des hommes. L'autorité de Foucher, même posthume, ruissela longtemps sur tout ce côté, dit encore côté de Beuzeval, où sourdait en toutes saisons une atmosphère de cogitation recueillie, même après que le château du penseur fut devenu la colonie de vacances de La Garenne-Colombes. Une douce mélancolie imprégnait toute la pente jusqu'à la Chastellerie et enveloppait, plus bas encore, le parc des Béquettes, le castel disparu, que le baron Sébastien de Neufville, de vieille souche prussienne, avait fait bâtir pour ses vingt-deux enfants, tous du même lit. C'est aussi à ce guide intègre que le peuplement indigène devait d'avoir un temple sur la plage même et de s'y rendre le dimanche aux heures pieuses, épié par toute la badauderie balnéaire. On avait de la religion et l'adultère n'avait pas cours dans cette contrée — du moins comme sujet de conversation.

Sur la rive droite du Drochon régnaient les bourgeois catholiques, les amateurs d'huîtres au vin blanc, les peintres sur le motif. Par là étaient le casino, le commerce, les salles de bal du Grand Hôtel, les bains, les plaisirs, les réputations bâties sur le sable. Tout ce qui s'en va un jour, puisque c'est le travail du vent de rappeler l'homme à sa véritable condition. Par là étaient les danseurs, les cerfs-volistes, les aviateurs en permission ou en perdition, les joueurs de violoncelle. Cette partie du littoral était la plus exposée aux tempêtes, peut-être parce qu'il y avait par là davantage de superflu à emporter.

De l'autre côté du ru fatal, les silencieux campaient sur d'immémoriales positions, à l'exception de ce malheureux Paul Deschanel dont nul dans le voisinage ne s'est expliqué le soudain basculement de la villa, mauvais présage. D'aucuns ont voulu y voir l'effet d'une relation passionnelle et désastreuse au père. Paul disparaissait toujours et partout parce qu'il avait honte des avantages qu'il s'était assurés sur Émile. C'était lui la véritable gloire de la famille, Émile, le père, critique littéraire réputé, professeur au Collège de France, auteur fort amène d'une histoire de la conversation et d'études sur Aristophane, exilé par Napoléon III — une grandeur de plus. Une rue porte son nom à Paris près du Champ-de-Mars quand Paul n'y a rien, même pas une impasse. Que s'est-il donc passé ? Émile avait confié le petit Paul à monsieur Poplu, l'instituteur du pays. « Faites-en quelqu'un », lui avait-il intimé, ce qui était une mission d'importance que lui confiait un tel maître, ami personnel de Victor Hugo. Mais monsieur Poplu s'était emmêlé les crayons. Au lieu d'un écrivain rare, comme il s'en vit tant sur cette colline inspirée, il en avait fait un président de la République. Paul en aurait gardé une sorte de complexe vis-à-vis de son noble père, voilà ce qui s'est murmuré quand le président eut ses troubles mentaux. Après qu'il eut fait cette chute idiote en pyjama sur la voie ferrée, madame Radeau, la garde-barrière, avait déclaré aux journalistes : « J'avais bien vu que c'était un monsieur : il avait les pieds propres. » On peut affirmer devant l'histoire que Paul Deschanel est l'unique résident de Beuzeval qu'on ait identifié à ses pieds. Les autres, c'est à la tête qu'on les reconnaît, surtout à son contenu. À l'exception toutefois de Robert Demaine, le seul sauteur de fenêtre en pyjama qui lui ait fait concurrence au village.

Dès qu'il entre quelque part, celui-là, le doute s'insinue, le malentendu s'installe, l'imposture n'est pas loin. Son destin ne l'a jamais fixé, pas même dans sa stature : il n'a pas toujours été un géant. Quand il veut s'engager, à dix-huit ans, l'armée le récuse une première fois. Rachitisme, retard de croissance. Il a les yeux battus, des ecchymoses partout, il est maigre et déjà fuyant. L'armée, c'est pour fuir. Le médecin remarque une trace suspecte, bleue, à la base de la nuque et juge qu'il manque de poumons. Robert grandira encore de vingt-deux centimètres. On en viendrait à douter qu'il s'agisse du même homme. Robert Demaine, manquer de poumons ! C'est comme si l'on nous disait qu'Einstein manquait de cervelle. Il faut croire qu'il n'avait pas encore revêtu son habit de héros, brides au cordeau, insignes et barrettes, fourragère.

À ce propos. L'expertise à laquelle on soumettra son portrait le plus glorieux révélera un fait troublant : cet uniforme n'existe pas, il n'a jamais existé. Dans aucune armée au monde. Un sergent-fourrier n'y retrouverait pas le moindre bouton de guêtre. C'est un costume imaginaire, un élégant compromis d'à peu près toutes les unités alliées. Mais, on le sait, la Ire armée du général de Lattre était une troupe d'arlequins. C'est bien dans cette tenue qu'en 1944 il va franchir le Rhin, se battre du côté de Stuttgart et d'Ulm, passer la frontière autrichienne.

On aimerait pouvoir lire une réponse farouche à quelque humiliation secrète, sous le parcours en zigzag d'un brouilleur de pistes gouverné par le hasard : blessé par un éclat d'obus lors de la retraite de Belgique, au début de la guerre, il a été renvoyé dans ses foyers avant d'être réquisitionné par la Todt, l'organisation allemande qui bétonnait le littoral pour parer à tout débarquement. Il a conduit des camions chargés de sacs de ciment, arpenté les blockhaus en chantier, et son talent pour le dessin a pu être de quelque utilité aux réseaux de la Résistance. Mais dans l'univers interlope de l'Occupation, on ne sait jamais qui est qui. Robert semble avoir feint de tremper dans une sombre affaire de marché noir pour détourner les soupçons sur sa véritable activité, le renseignement. En tout cas, pour un simple sous-officier, il est manifeste qu'il ne manque pas d'audace. En témoigne cette lettre qu'il rédige à l'intention d'un général, lettre où n'apparaît pas le moindre détail concernant l'affaire qui la motive, mais qu'il prend soin de recopier pour en garder la trace. On sent affleurer la crainte d'un avancement brisé. Aurait-il espionné pour le compte de l'armée britannique ? C'est une hypothèse. Son dossier militaire fait partir son engagement dans les FFI du Calvados, groupe Boudaire de Deauville, le 1ᵉʳ mai 1944, deux jours avant l'inspection historique de Rommel à Houlgate.

Même cette histoire d'Allemands « descendus », qui a couru sur ses talons, n'est qu'une burlesque équivoque : ce ne sont pas deux Allemands qu'il a « descendus », mais leurs cadavres déjà refroidis, après qu'il les eut découverts, gisant là-haut sur la corniche. Il les a chargés dans son camion et livrés en bas, on ne sait d'ailleurs pas à qui au juste : au *Soldatenheim*, le foyer du soldat, au risque de se faire « descendre » lui-même ? Ou bien à la morgue, parce qu'il aurait estimé, en soldat, que l'ennemi avait droit à une dignité de tout repos ?

En fait, plus on l'approche, plus il s'éloigne,

comme si les événements qui l'ont concerné et auxquels il a paru réagir perdaient un peu de leur sens, de leur raison d'être et même de leur réalité à son contact et apparaissaient rongés par l'incertitude qui à la fois le contient tout entier, lui, le seigneur de la côte, et l'anéantit comme le ferait un trou noir. La vérité, c'est qu'on ne comprend rien à Robert Demaine.

C'est un enfant de la Grande Guerre. C'est donc un héritier du chaos. Le « Chaos », c'est d'ailleurs le nom que porte son premier terrain de jeu : un éboulement de la falaise des Vaches Noires, l'un des plus vieux sites archéologiques au monde, une côte sauvageonne que la vague et le vent fouillent depuis des siècles et qui a vomi toutes sortes d'ossements fossiles, du dinosaure au crocodile. Ici, c'est la mer qui exhume ou enfouit toutes choses. Elle roule et brasse le temps à sa fantaisie. Les Vaches Noires, c'est le cap Horn du pays d'Auge : on les contemple de loin, elles font peur, il y a eu des morts, des géologues, des chasseurs d'ammonites surpris par la marée montante ou avalés par les bulles d'eau qui se cachent dans l'argile. Une mort par succion. Inexorable. Seule la mer a conservé un droit de lecture dans cette bibliothèque à l'abandon, aujourd'hui interdite aux promeneurs, où est archivée la mémoire du mésozoïque. Dans ces parages, le présent se noie dans l'infini des âges saumâtres. Le temps semble occupé à s'y ruiner lui-même, sans rien fabriquer d'autre qu'une éternité vide, qui est encore du temps.

Discrètement repoussée à l'arrière de ce monument géologique de deux cent cinquante millions d'années, la mairie d'Auberville administre le crétacé avec un zèle digne d'éloge et s'emploie à contenir l'imperceptible remue-ménage humain qui en découle dans un format proportionné : c'est une maison lilliputienne, une miniature posée à deux cents mètres à peine des jardins gazonnés de la ferme Marie-Antoinette, une demeure à l'aura mélancolique qui fut autrefois une hôtellerie de grand style, où Marcel Proust et sa petite bande de Cabourg, quand le vent soufflait trop fort sur la mer, venaient parfois prendre un goûter et pousser la balançoire de ces dames.

En retrait des inhospitalières Vaches Noires, Auberville ouvre une façon de refuge terrestre entre les plages d'Houlgate et de Villers. C'est là que Robert est né le 13 novembre 1917 à dix heures et demie du matin, dans la maison de la famille qui est au milieu d'un champ, juste avant le sentier qui descend à la falaise, qui descend au Chaos et gagne le Désert, ainsi qu'on nomme une autre combe de cet enfer humide envahi par d'impénétrables buissons de prêles et d'argousiers. On a dépêché au chevet de Louise la sage-femme de Villers, Alice Marin, une réputation. Et les voisins sont là, Hippolyte et Émile, deux paysans qui n'ont plus l'âge d'aller à la guerre, alors ils rendent bien des services, c'est presque devenu une deuxième vie.

Il n'est pas au monde depuis un quart d'heure que Robert se dédouble une première fois. Il ne cessera plus dans sa vie, l'ubiquité est une obsession chez lui, c'est comme une course éperdue derrière une ombre. À dix heures quarante-cinq est né Louis. Robert avait un frère jumeau. C'est écrit là, dans le registre, ce n'était qu'une page à tourner. « Mon père jumeau ! » ai-je pensé, sous le coup d'une émotion à la fois aiguë et confuse. Mais Louis ne courra jamais derrière les goélands sur les plages du Chaos et ne remplira pas ses poches de coquillages qui ont l'âge du monde. Il meurt le lendemain de sa naissance, à neuf heures du soir. Comme envolé au bord de la maudite falaise, à l'exemple de Clopinet, le héros de George Sand, ce petit Normand souffreteux disparu mystérieusement à cet endroit même, aux Vaches Noires, sans laisser aucune trace. « *Les dunes furent muettes, la mer ne rejeta aucun cadavre… »*

Dans son roman, *Les Ailes de courage*, l'écrivain laisse supposer que le petit personnage s'est métamorphosé en oiseau, qu'il avait acquis la magie du vol auprès des mouettes et des cormorans. Louis n'a pas laissé d'empreinte non plus dans la mémoire des siens et c'est en vain que, ayant découvert dans la même fulgurante minute sa naissance et sa mort, j'ai cherché sa sépulture dans le petit cimetière d'Auberville où l'acte de décès indique qu'il a été enterré, le 14 novembre 1917, par l'abbé Agnez.

Avant de s'établir à Auberville, Louise Demaine et son mari, Gustave, avaient habité une chaumière de Saint-Pierre-Azif, comme les protagonistes du roman de George Sand. La fiction, orchestrée par la sorcellerie des grands fabulistes, aurait-elle le pouvoir de déposer sur les lieux qui les ont inspirés, spécialement ceux que tourmentent la hantise et la sauvagerie, une sorte de poussière de vie, de principe fécond qui n'attendrait que l'occasion de s'incarner? Cette folle hypothèse voudrait que les histoires inventées, celles qu'on lit dans les romans, ne soient jamais que des histoires *pas encore vraies*. Je n'eus aucune peine à m'en convaincre, tout imprégné que j'étais de la durable et presque invisible souveraineté de l'imaginaire.

Je voulus voir dans la brève carrière terrestre de Louis une réplique lointaine du destin fugace de Clopinet, et puisqu'il n'avait vécu qu'un seul jour dans le monde, je décidai que ce jour n'atteindrait jamais son crépuscule dans ma pensée.

III

1

Masques et avatars

Je fis alors aux Archives du Calvados une découverte à laquelle rien, semble-t-il, ne m'avait préparé, encore qu'elle m'apparaisse aujourd'hui, avec la force d'une évidence, comme la clef de voûte soutenant l'édifice entier de nos turpitudes. En consultant le dossier militaire du fantassin Gustave Demaine, j'appris qu'il avait été fait prisonnier dès l'engagement des hostilités, du côté de Maubeuge, dans les premiers jours de septembre 1914 et interné dans un camp de la Westphalie rhénane, près de Paderborn, au cœur de la ténébreuse forêt de Senne. Il n'en est sorti que dans les premiers jours de 1919, sans qu'aucune nouvelle de lui soit jamais parvenue aux siens dans l'intervalle. Gustave a passé les quatre années de guerre sous les miradors du même *Kriegsgefangenenlager*. Il ne pouvait donc être le père des jumeaux, nés en 1917.

Si j'avais exhumé des marnes ténébreuses des Vaches Noires une mâchoire complète d'ichtyosaure du jurassique, je n'aurais sans doute pas été aussi ébahi que je le fus par ce que je reçus comme une révélation miraculeuse, bien qu'elle fût depuis toujours à la disposition de qui se donnerait la peine de la cueillir, là où elle gisait, bien en vue sur les plages d'un océan d'archives, qui avait pris la couleur du sable.

Ainsi, bien qu'il ait vécu sous ce nom de Demaine, Robert lui non plus n'était pas le fils de l'homme qui le lui avait donné. Le fait était connu des siens, enterré au fond des consciences et des silences, pas la preuve du fait. On en avait d'ailleurs beaucoup parlé après sa mort. La tradition, aussi diverse que les sources auxquelles elle empruntait ses hypothèses, ne s'accordait pas sur son origine. Elle attribuait même trois pères différents à Robert Demaine : et comment s'étonner, après tout, qu'un homme que se disputeraient deux veuves à son trépas, ait pu revendiquer déjà, pas même né encore, cette rivalité génitrice ?

La rumeur avait d'abord parlé d'un adolescent, originaire d'un village de la plaine de Caen, Charles Bictel, mort au front à dix-huit ans ; puis il fut question d'un prisonnier allemand à qui la grippe espagnole aurait fait justice d'un viol commis sur une paysanne d'Auberville ; enfin (et cette hypothèse avait la préférence du gardien du cimetière, un ancien militaire que Robert Demaine avait en grande amitié), on évoqua un officier anglais, un certain major Wheeler, capitaine d'artillerie devenu célèbre bien plus tard dans un tout autre emploi.

Je me suis demandé si j'arriverais un jour à distinguer quelque chose de certain, au sujet de mon père. Savait-il lui-même qui il était, ce séducteur volatil et sans mémoire, aveugle à ses métamorphoses, dont la collection de masques et d'avatars est un défi à toute idée de spectacle puisque sa mort elle-même n'a fait qu'entrouvrir le rideau? L'extraordinaire, c'est qu'il était impossible de savoir s'il avait vécu dans l'ignorance de son origine, ou s'il s'était seulement dérobé à la curiosité que les autres en avaient.

Il faut revenir à Gustave, qui passa toute la guerre à n'en rien voir, rien savoir, rien dire. Quatre ans de captivité et d'isolement, quatre ans de silence, plus le rab que s'assurent toujours les oubliés. Alors il est rentré. Il n'avait plus la conscience du temps, plus la notion de l'heure. Il fut tout de suite connu des artisans d'Houlgate pour la façon sonore dont il secouait les portes, parfois en pleine nuit, en s'aidant de la voix. On s'empressait de les lui ouvrir, de peur qu'il ne les brise. Il y avait parfois de la lumière chez le barbier à trois heures du matin, et quiconque passait là apercevait Gustave dans le fauteuil, le menton piquant sur la poitrine, la nuque offerte aux ciseaux dont le cliquetis l'endormait.

Il y eut bientôt deux, trois, quatre, cinq enfants dans la maison des Vaches Noires. Robert était différent des autres. Il était maigre et fuyant. Il ne parlait à personne. Il s'échappait quelquefois de l'étable ou du sillon qu'on lui avait attribué et il courait au bord de la falaise. Une fois là, il s'immobilisait, ne s'asseyait pas. Le cantonnier qui venait se fournir en caillasse dans la meulière où s'enfermait le Chaos s'habitua à y apercevoir cette silhouette qui défiait le vent. Le cantonnier avait un rituel avant de remplir sa brouette. Il s'en faisait un abri, la dressant à la verticale sur ses ergots, pour battre à l'aise le briquet et rallumer son mégot

171

qu'il fumait ensuite tranquillement, l'œil mi-clos, allongé sur un coude comme la grande odalisque dans le tableau d'Ingres. Quand il revenait à lui et à l'esclavage des pierres, la silhouette n'avait pas bougé. Robert attendait. Il avait la peau bleue.

2

La dernière course

Le 14 mars 1918 dans l'après-midi, à Authie, Théodore Bictel, soixante-cinq ans, a posé l'échelle contre le mur de sa maison et il est monté sur le toit. Il est encore leste pour son âge, le chaumier, même si ses garçons, au pied du mur, le sermonnent. Est-ce bien raisonnable de jouer les voltigeurs, avec ce vent qui souffle fort ? Mais il ne veut rien entendre, le père. Ce ne sont quand même pas ses gamins qui vont lui apprendre son métier. Ses gamins, comme il dit, ne sont justement plus des gamins. Ne parlons pas de l'aîné, il est aux Dardanelles. Le cadet, Charles, tout frais appelé, doit justement partir ce soir à la guerre, un aller direct pour le front. Le vieux Théodore, il lui restera toujours le petit Léon pour lui donner un coup de main : à dix-sept ans, les tranchées ne sont pas encore à l'ordre du jour. Mais pour l'instant, Léon aide son frère Charles à faire son sac. Il aurait bien aimé aussi l'accompagner dans sa tournée d'adieux, ils sont tellement liés, Charles et Léon. La complicité de l'âge, aussi : Charles n'a pas dix-huit ans et ils ont les mêmes amis, tous les deux, à Authie, à Saint-Germain-la-Blanche-Herbe et jusqu'à Auberville. Mais Charles a écourté le cérémonial des visites, ça lui pesait trop, ces adieux chaque fois recommencés, avec partout le même entrain fabriqué, la feinte exaltation du partir, les silences qu'on couvre de mots inutiles, l'embarras de souhaiter bonne chance.

Et c'est le jour que choisit ce diable d'entêté de Théodore pour rebecqueter la toiture ! Mais le vent qui souffle dans un ciel sans nuage porte les odeurs du printemps et le vieux est d'humeur à en profiter. Les chaumes ont souffert à Authie comme chaque hiver, le village est posé sans abri au beau milieu de la longue plaine de Caen et balayé en toutes saisons par le noroît marin dont nulle forêt ne vient arrêter la course. Ici, on connaît la musique : c'est avec le blé qu'il chante, le vent, et c'est comme une basse lancinante, à la différence des grands arbres qui lui arrachent des plaintes aiguës.

La mère est sortie à son tour, les mains sur les hanches. « Crois-tu bien que ce soit le moment, Théodore ? » S'en fout, Théodore. C'est quand même lui le chaumier, qu'il dit. Léontine n'insiste pas. Elle a pris depuis longtemps son parti de hausser les épaules, avec ce bon bougre. Jamais de fâcheries entre ces deux-là. Léontine, pourtant, on sent tout de suite qu'elle vient d'un autre monde. Son père était un riche horloger de Bayeux, une fortune, on élevait si peu la voix dans sa famille que les conversations ne se hissaient guère au-dessus du chuchotement. Jacques Frémanger fabriquait des secondes pendant des heures et exigeait le silence. Son drame, à en croire la rumeur, ce furent ses deux filles. Elles étaient toutes les deux si laides que l'horloger avait dû se résoudre à des mésalliances et n'avait pas réussi, malgré les dots cossues, à les marier convenablement. La jalousie fait dire aux gens n'importe quoi. Léontine s'était éprise d'un chaumier, voilà tout.

Charles, attendri par ce père qui jouait peut-être au jeune homme pour mieux cacher ses larmes, a fini par monter à l'échelle. Il l'a aidé pendant presque une paire d'heures à recoiffer la chaumière et il lui a fait ses adieux là-haut. Puis il fut temps de s'en aller. Au moment d'empoigner son sac de campagne et de le porter à son épaule, Charles s'est ravisé, l'a reposé au sol, en a fait sauter la bride et en a sorti un objet rond et brillant, enveloppé dans une pièce de drap. C'était son chronographe. Il l'a tendu à son frère en lui disant : « Finalement, non, il sera mieux ici que dans mon barda de biffin. Prends-en soin, Léon, c'est mon gage de retour. »

Charles y tenait plus qu'à tout car il se l'était vu offrir dans une circonstance mémorable. Il avait participé quelques mois plus tôt à une compétition d'athlétisme qui avait opposé dans la plaine de Caen des soldats français et anglais. Charles avait beau être un espoir de la course à pied en 1917, son nom n'était pas sorti du périmètre normand et jamais on ne l'aurait cru capable de battre au terme de ce cross-country, disputé sur un terrain plat mais balayé par le vent, un coureur aussi coté que l'Anglais Sydney Watkins, de la prestigieuse équipe des Horsham Blue Star Harriers, un ancien vice-champion du pays de Galles des six miles et dont le principal titre de gloire était d'avoir défait une fois sur cette distance le légendaire Alfred Shrubb, certes vieillissant, mais qui impressionnait toujours.

Sydney Watkins fut tellement frappé par la course de Charles, encore junior à l'époque, qu'en hommage à son vainqueur il lui fit cadeau de son chronographe bracelet, signé d'un fabricant suisse, un modèle que portaient tous les officiers britanniques débarquant sur le sol de France.

Puis il est parti, seul, à la gare. Il n'a pas voulu que Léon et Léontine embrassent de leurs joues humides le désespoir qu'il sentait monter en lui, devant tout le monde. Il est parti par le decauville, le chemin de fer des soldats, au feu. Depuis combien de temps avait-il quitté la maison paternelle quand le drame s'est produit ? Un quart d'heure au plus, car le premier réflexe des voisins, après qu'on eut retrouvé Théodore gisant au pied de l'échelle, fut de se précipiter à la gare pour y chercher Charles, tandis que Léon et Léontine s'agitaient désemparés autour de la victime et lui prodiguaient des soins déjà inutiles.

Le feu rouge du decauville n'était plus qu'un point à l'horizon et Charles, à qui ce fatal accident aurait épargné le voyage s'il l'avait seulement appris, a été tué à la descente de ce même train, à Port-à-Binson, ou quelques heures plus tard, au cours d'une attaque allemande. Sa guerre s'est résumée à cette double absurdité. Pas eu le temps de voir à quoi ça ressemblait, un régiment d'infanterie, il va rejoindre les disparus du 7e avant même d'y être entré. Du moins le père et le fils ont-ils ignoré de quelle filiale et retorse manière le hasard, si c'est bien lui, avait noué leurs destins. Charles ne repose nulle part, son corps n'a pas été retrouvé. Sur le monument aux morts de son village, le graveur s'est trompé de prénom. Il figure par erreur sous une identité qui n'est pas exactement la sienne. Une simple inattention, on gravait à la chaîne.

Charles Bictel n'avait pas dix-huit ans. Dès qu'il fut déclaré disparu, Léon porta le chronographe à l'horlogerie familiale, à Bayeux. La boutique était passée au fils Frémanger, qui portait le même prénom que son père, Jacques. On déposa le précieux souvenir sur l'écrin d'un crêpe noir, dans la vitrine, où il resta longtemps exposé, à côté d'un portrait de Charles en tenue de crossman. Ce trophée fut même pendant plusieurs années l'objet d'un culte chez les coureurs locaux, qui venaient discrètement toucher la vitrine pour se concilier les dieux de la course. Sous la photographie, Jacques Frémanger avait calligraphié : « Charles Bictel, fantassin et champion du 10 000 m, mort pour la France dans sa dix-huitième année, vainqueur de Sydney Watkins qui lui offrit ce chronographe Gallet à double poussoir. »

Le double deuil qui l'avait frappée fut fatal à Léontine. Elle perdit très vite l'entendement, puis la vie dans une clinique de Mortain où l'on traitait les maladies nerveuses. L'aîné de ses fils est rentré des Dardanelles avec les fièvres et des envies de suicide continuelles. Il ne fallait jamais le laisser seul. Il s'est tiré une balle dans la tête au cours d'une fête à Villers-sur-Mer, dans les années vingt, s'est un peu manqué dans l'énervement et a commencé d'agoniser, faute d'ambulance, dans la première voiture qui voulut bien le transporter à l'hôpital de Pont-l'Évêque. C'était celle de l'équarrisseur. Là-bas, il était si agité qu'il fallut lui passer la camisole de force. D'aucuns prétendent qu'il la déchira dans un nouvel accès de fureur. Il s'en trouva toutefois fatigué. Alors immobile, il mourut enfin.

Léon était l'unique rescapé d'une famille détruite. Il resta toute sa vie très attaché au souvenir de son frère Charles. Pendant ces années qu'on appelait folles, il se procura une copie du journal de marche du 7ᵉ d'infanterie et fit le pèlerinage de Port-à-Binson, une jolie vallée encaissée dans les vignes, un coupe-gorge. Il contempla longtemps le rail, la gare, le pont sur la Marne, le prieuré, arpenta dans tous ses recoins la scène fatale où avait disparu son frère et dont la plume du sergent-major avait consigné les noms, Le Chêne-la-Reine, la Cense-Carrée.

Un paysan lui dit que chaque année, à la saison des labours, la terre rendait encore « *du matériel* ». Il voulait dire des ossements, des plaques d'identité, de l'acier déchiqueté qui blessait les jambes des chevaux. Léon s'assit au bord de la rivière où le colonel avait décidé une halte. Dans l'église d'Armentières, il posa une main pensive sur un retable flamand datant du règne de François Iᵉʳ, parce qu'il était sûr que Charles aurait eu le même geste, si la bataille l'avait épargné jusqu'à ce rassemblement désespéré, à l'orée des bois qui n'étaient plus, avec leurs moignons d'arbres calcinés, qu'une sorte d'immense planche à clous. Léon s'est enfin rendu à l'ossuaire tout proche, où un millier de soldats gisent sous le nom paisible et prédestiné de Dormans, et le conservateur lui a permis de descendre dans le caveau où sont entassés les disparus, les restes de ceux qu'on n'a pu identifier, dans des cercueils individuels, semblables à tous les cercueils. « Mais il y en a jusqu'à sept par boîte », lui a-t-il dit. Comme Léon ne réagissait pas, il a précisé qu'il ne parlait pas des débris, mais des hommes.

Dans son esprit, dans sa pensée, dans tout son être, de toute façon Charles vivait. Léon se figura même qu'il se continuait dans un garçon chétif et sauvage qu'on voyait souvent aux Vaches Noires. Il était à la Louise d'Auberville, une fille de ferme qui avait passé toute la guerre dans la solitude. À attendre un homme qui ne revenait pas, un courrier qui n'est jamais arrivé. Quatre ans durent un siècle quand chaque seconde est mortelle. La guerre ralentit le temps à un point intolérable. Léon, qui s'est tant de nuits morfondu avant que le décès de Charles lui soit officiellement annoncé, disait que la guerre n'est qu'une salle d'attente mais qu'on ne sait pas quelle porte va s'ouvrir ni qui vous appellera. La vie, la mort, l'amour? Il était sûr que cet enfant, qui avait souvent les yeux rouges et gonflés et auquel l'état civil avait donné le nom légal de sa mère, son nom de femme mariée, était le fils de Charles. Il était même persuadé que Charles le lui avait dit sans le lui dire, avant son départ pour le front, car ces choses-là ne se font pas connaître comme il convient à l'ordinaire que les choses soient connues. En dehors de leurs voisins au village, Charles n'avait eu d'adieu que pour Louise, à Auberville, Louise et le petit Robert qui n'avait alors que quatre mois et Charles avait eu ce mot à son retour à Authie : « Elle va se sentir bien seule maintenant. » Pourquoi *maintenant* puisqu'elle l'était depuis tant d'années?

Léon était sûr que le curé était dans la confidence et que c'était lui qui avait ordonné le secret. « S'il baptise les bâtards, maintenant, c'est qu'il bénit l'adultère », avait-on entendu. Léon ne doutait pas que si l'abbé Agnez avait fermé les yeux, c'était en échange d'une promesse de Charles, d'un engagement qu'il avait pris. Si une porte s'ouvrait et livrait certaines nouvelles au sujet de Gustave Demaine, absent au monde depuis bientôt un lustre, on saurait quoi faire. Une porte a fini par s'ouvrir et ce n'était pas celle qu'on présumait : c'est Gustave Demaine en personne qu'elle laissa passer, indemne, les bacchantes en ordre, ayant juste perdu la notion du temps.

Il parut d'abord ignorer l'enfant dont il avait hérité. Il le tint pour un simple dommage de guerre, puis commença de le regarder comme une punition qu'il jugea à la longue éprouvante et dont rien ne le dédommagerait. Il fut manifeste que Gustave tourmentait davantage le garçon à mesure qu'il avançait en âge, ce qui développa chez Léon, leur voisin à Auberville, un sentiment de paternité factice. Léon se fit un devoir vis-à-vis de la mémoire de son frère de prendre le bâtard en protection et il réussit presque à l'arracher à sa famille. Il l'amena même un jour à l'horlogerie, à Bayeux, où l'on fit pour l'enfant un spectacle des insondables mystères du balancier à ressort et de l'échappement à cylindre. À cette époque, le chronographe à double poussoir et la photo de Charles Bictel témoignant de sa victoire contre Watkins occupaient encore le centre de la vitrine.

L'horloger soupirait le moins possible en manipulant les rouages infimes avec des pincettes. Ces histoires de famille le dépassaient cependant. Jacques Frémanger, fils de Jacques Frémanger, se demandait si le grand ancêtre de la famille n'était pas leur homonyme Jacques Frémanger, le député régicide et anticlérical, huissier au Châtelet de Paris, procureur et trafiquant d'influence qui pendant la Révolution avait affolé les couvents de Lisieux et traversé toute la Normandie avec une guillotine dans ses bagages, finalement sans jamais couper la moindre tête. C'est ce Normand qui ravitaillait Paris pendant les sanglants événements et qui avait porté le terroir au secours de la Terreur. C'était la vieille marotte de l'horloger. Tout le monde la connaissait. Tout en poinçonnant les secondes dans le silence de son cabinet, il se donnait des frissons en s'imaginant qu'il descendait d'un terrible procureur, qui transportait la mort dans sa berline. Et l'honnête artisan, qui faisait la guerre à la moindre poussière dans son atelier, s'enivrait sans scrupule de l'odeur de crime et de la poudre des chemins que soulevait son récit. Léon opinait à chaque fois.

Léon se demandait aussi pourquoi la réalité cache tellement son jeu puisqu'on ne peut pas lutter contre elle. D'ailleurs, les choses en restèrent là. On ne pouvait rien contre les noms propres. Robert continua de s'écorcher vif en rompant ses liens avec une tutelle haïe et Léon se souvint de vivre. Il était né trop tard pour la Première Guerre mais il n'est pas rentré de la Seconde. Il est mort en déportation à Watenstedt, un camp de Basse-Saxe, en 1945. À la différence de son frère Charles, l'État lui a refusé le label « mort pour la France ». Il y aurait donc des gens qui se seraient ingéniés à mourir pendant la guerre, déportés dans un camp allemand, et à qui semble-t-il on n'avait rien demandé de tel.

En quittant, à Villers-sur-Mer, la veuve de Léon Bictel, qui m'avait fait ce récit, je pensais qu'on devrait se renseigner à l'agence avant de partir pour certains voyages.

3

Un promeneur dans la guerre

Lothar Unbekannt était un géant tempétueux aux yeux pâles et larmoyants. On ne sait presque rien de lui. Aussi, on voudrait qu'il ait vécu comme ces gaillards dont on dit qu'ils brassaient du vent. Rien n'est moins sûr cependant. Sa stature même nous serait inconnue s'il fallait en juger sur la foi des témoignages : on la déduit de celle qu'il a laissée à son fils, Robert le Maudit. Bien que ses proportions le rendissent aisément observable de tous côtés, il semble qu'on ait eu en grand souci la visibilité de Lothar Unbekannt et de ses semblables. Le statut même qui lui fut attribué dans la société normande où il apparut au printemps de l'année 1916 (en compagnie de ses frères tout aussi incertains), fut une source permanente de tracasseries. Il en était de sa fonction comme de sa taille : on craignait de ne jamais parvenir à la fixer, comme si son être risquait à tout instant de disparaître sans laisser de trace.

Lothar Unbekannt était un prisonnier de guerre, un de ceux qui ont inspiré au *Réveil de Trouville* ce que les maîtres de philosophie appellent un syllogisme disjonctif — et combien admirable en l'espèce :

« *Comment les faire travailler dehors en les tenant enfermés?* » Il fut décidé en conseil de leur peindre un grand *P* dans le dos, initiale de *prisonnier*, mais le fallait-il bleu, blanc ou rouge? Et avec quoi le peindre, il fallait que ça tienne?

On manquait d'hommes dans les champs : ils étaient au front pour la plupart et on ne suffisait plus aux rudes travaux de la terre, laissés aux trop jeunes, aux trop vieux, aux réformés, aux femmes. C'est alors qu'Henry Chéron, premier magistrat de Lisieux, avait eu une idée lumineuse, la deuxième depuis le début de la guerre. C'était déjà à cet humaniste que les soldats étaient redevables d'un progrès indiscutable : le remplacement des bandes molletières par les chaussettes. Il inventa derechef une amélioration décisive à l'ordinaire guerrier et aux lois médiévales de la polémologie : le prisonnier en résidence. Il obtint du ministère de l'Agriculture des contingents sélectionnés selon les critères de la carrure, de la force et de la santé car il fallait aussi suppléer à la pénurie des chevaux. Ainsi furent repeuplés les champs déserts et rendu son lucre à une Normandie privée de Normands.

(Henry Chéron était un politique ingénieux et amical. Il s'était fait connaître au début du siècle en se faisant nommer sous-secrétaire d'État à la Marine sans avoir jamais navigué. Apprenant sa promotion, il s'était empressé de prendre le bac qui, à la Belle Époque, reliait Trouville à Deauville, les deux rives de la Touques, déclarant sur le ponton : « Je me sens déjà le pied marin. »)

La surveillance des nouveaux laboureurs fut confiée à de vieux territoriaux placides mais il n'était pas rare, faute de vieux territoriaux placides déjà occupés à braconner le lapin de garenne en ces temps de disette, que les détenus sans barreaux fussent abandonnés à la garde du plus gradé d'entre eux, un *obergefreiter* ou un *feldwebel*, parfois mieux, à en juger sur la ruine d'une vareuse ou d'un képi d'où avaient disparu les signes distinctifs de l'autorité. On avait toutefois maintenu une hiérarchie dans les primes, pour tout renseignement permettant la capture d'un de ces hommes dont l'humeur était réputée volage, malgré la confiance qu'inspiraient à la fois l'inertie qu'ils recevaient de leur format physique et l'apathie qu'ils manifestaient en proportion à la tâche : cinquante francs pour un simple soldat, le double pour un officier.

On eut beau diversifier l'emploi, on n'obtint d'eux que des lamentations en langue gothique et de médiocres performances, qu'on les essayât au déchargement du charbon dans les gares, à l'abattage des arbres, à la réfection des rues ou à l'extraction de la tourbe, dans les parages limoneux de Moult-Argences. Un tombereau embourbé était un phénomène qu'ils considéraient longtemps, comme s'il leur paraissait plus important d'en déterminer la cause que d'en résoudre les effets. Quelquefois, si la marée avait été houleuse, transformant les plages en montagnes russes, on outillait une brigade de râteaux et les *kriegsgefangenen* déroulaient un tapis de sable sous les pas des officiers anglais en permission et des élégantes qui leur tenaient le bras, à l'époque où les hôtels de la côte, réquisitionnés depuis trois ans et transformés en hôpitaux militaires, retrouvaient à la demande des impatients leur vocation frivole.

C'est aussi cette année-là — 1917 — qu'à quelques encablures de la maison de Louise une brigade de terrassiers torpides s'attaqua à la construction de l'immense camp sanitaire anglais du Mont-Canisy, une véritable principauté qui posséderait même bientôt son chemin de fer. Sur ce seul chantier, ils étaient cinq cents chiourmes teutons au milieu desquels Lothar Unbekannt passait déjà inaperçu. Il était en puissance en tout lieu de l'espace sans qu'on puisse le fixer dans aucun. Cet athlète est bien la preuve que le moi est une monade, comme l'a argumenté Leibniz : une substance indivisible et inétendue sur laquelle on peut varier les points de vue, et qui paraît se démultiplier selon la pluralité des perspectives qu'elle offre à l'esprit, « *comme une même ville regardée de différents côtés paraît tout autre* ». On pourrait considérer Lothar Unbekannt de mille façons sans jamais épuiser sa nature, et donc à peu près tout dire et tout penser de lui. Pour ne l'aborder que d'un côté, fatalement opposé à celui qui nous le ferait paraître tout autre, il est probable qu'un exemplaire de la *Chanson des Nibelungen*, où une feuille d'hibiscus séchée, simple porte-bonheur provenant du cabinet d'histoire naturelle qui l'employait à Francfort, marquait la page où le roi burgonde se déclare à Brünhild, ne quittait pas la poche gauche de son manteau, où les boutons passaient la boutonnière tels des dormeurs surpris par l'alerte se jettent par les fenêtres.

Au reste, c'est un fait d'Histoire que les recrues allemandes, pour la plupart originaires des grandes villes d'outre-Rhin, possédaient un avantage discursif sur leurs homologues françaises, encore gouvernées à l'époque par un profond atavisme rural. C'est ainsi qu'en bon Allemand, Lothar Unbekannt goûtait fort la botanique appliquée et les élégies de Schiller, deux traits si partagés dans sa communauté ethnographique d'origine qu'il est au reste douteux qu'on puisse les lui attribuer en propre. Nombre de ces envahisseurs étaient frottés de poésie lyrique (*lyrische Dichtung*), une arme de conquête non répertoriée par les traités internationaux mais dont les ravages se sont épanouis sur le mystère goethéen des « *affinités électives* ».

Déjà, *Le Bonhomme normand* et *Le Progrès lexovien* avaient tiré de concert le signal d'alarme et publié sous le titre « *Attention* » ce texte édifiant : « *Nos cultivateurs commencent à obtenir facilement des prisonniers boches pour travailler aux champs. Ces hommes, généralement robustes et laborieux, rendent de réels services, on ne peut le nier. Il est donc tout naturel que ceux qui en ont chez eux se trouvent, malgré tout, portés à les traiter avec humanité. Mais il importe, cependant, de ne relâcher en rien la surveillance des prisonniers qui, un peu partout, jouissent d'une liberté vraiment trop grande. Ils pourraient être tentés parfois d'en abuser. Il nous est douloureux de songer que des femmes françaises pourraient oublier que ces misérables ont été pour leurs sœurs du Nord des meurtriers et des bourreaux. Il serait honteux de voir notre sang normand s'abâtardir de sang prussien, et s'il était des créatures assez insouciantes de leurs devoirs patriotiques pour accepter les avances d'un Boche, ne mériteraient-elles point le mépris universel, et même un rigoureux châtiment ?* »

Les tribunaux militaires se sont chargés du rigoureux châtiment, sinon du mépris universel, et ils ont condamné les femmes infâmes. On faisait curieusement dépendre la sanction de la situation militaire du mari trompé. Une simple amende, s'il n'était pas mobilisé. La prison, s'il était au front. La patrie n'était donc dans l'affaire qu'une victime collatérale. Mais comment ajuster un barème aux expressions variées de la turpitude ? Si l'on avait le droit de témoigner de la pitié à ces détenus, à quel échelon d'humanité la pitié se changeait-elle en trahison ? On citait à Deauville le cas d'une femme que la police avait prise en flagrant délit de correspondre avec un prisonnier au sujet de Heine. Le viol était le seul alibi autorisé.

Lothar Unbekannt disparut à Auberville un jour de grande lessive derrière un train de draps long comme un hangar, qu'une jeune femme allant le long de ce convoi frappait à l'aide d'une cuiller de bois. On peut seulement dire qu'il n'était pas le même Lothar Unbekannt quand l'épisode le rendit à la servitude. De tous côtés qu'on l'observât, la barbe avait quitté ses joues blêmes et les boutons de cuivre de son manteau avaient retrouvé leur éclat et leurs logements. Il confia à son journal intime avoir vécu « un événement inouï qui s'est réellement produit » (« *eine sich ereignete unerhörte Begebenheit* »). Au comble de l'excitation, il ébouillanta sa feuille d'hibiscus, s'en fit une infusion et la but d'un trait, autant par gratitude envers un fétiche qui ne lui ferait jamais de plus grand usage que pour lui demander encore, dans l'état d'exaltation où se trouvait son grand corps, le bienfait de ses vertus hypotensives.

Ensuite on perd sa trace, malgré l'énorme *P* qu'on lui avait peint dans le dos au blanc d'Espagne et qui, lorsqu'on le regardait aller modérément par les champs et par les grèves, semblait plutôt désigner un *promeneur* qu'un *prisonnier*. La guerre l'engloutit dans ses obscurs tourbillons et ne le rend plus. Quand les Anglais, la victoire en vue, ont abandonné en 1918 le camp sanitaire anglais du Mont-Canisy, où avaient séjourné jusqu'à trente mille blessés, ils y enfermèrent les prisonniers allemands qui l'avaient édifié. Ces malheureux y ont essuyé de plein fouet l'épidémie de grippe espagnole, mais on ne trouve le nom de Lothar Unbekannt sur aucune des croix noires de Tourgéville.

Là s'arrête sa légende, quand bien même sa biographie se continuerait par des marches inconnaissables, dans l'hypothèse où il aurait sauvé sa tête et fait retour au pays. Les archives concernant les combattants de la Première Guerre mondiale ont été détruites lors de la Seconde. Une guerre efface l'autre, malgré tout. Plus rien ne serait retrouvé de ce qui fut. Cependant, quel ressort soudain détendu dans l'âme de Robert le Maudit, son fils caché, lancera celui-ci dans la poussière allemande qu'il va mordre en vainqueur mortifié et le projettera tel un furieux, en 1945, par les duchés de Souabe et de Bavière, jusque dans les montagnes d'Autriche, sans jamais demander son chemin ni laisser le moindre indice sous les chenilles de son blindé? De quel crime réclame-t-il vengeance? De la malédiction de vivre, lui qui avait demandé une corde à sa mère?

L'étrange aveuglement dans lequel chacun se tient ici-bas, vis-à-vis de l'héritage qui le fait être ce qu'il est, n'est sans doute que la légitime conséquence de l'obligation d'avoir à vivre à son compte, malgré tout. Mais nous sommes les fantômes d'inconnus qui n'en ont pas fini avec la hantise. Ils déposent en nous un monde que nous feignons de gouverner en propriétaires, quand nous ne l'ignorons pas, et qui nous anime par de complexes procédures, aussi sûrement que le fil actionne la marionnette.

L'un des nombreux bâtards de Robert le Maudit, qui ne savait rien de Lothar Unbekannt et rien de son propre père, ignorant tout des engendrements dont il était la relique, tomba pour la première fois amoureux d'une certaine Hildegarde (qu'une crise d'appendicite aiguë avait stoppée à Lisieux en plein pèlerinage), laquelle vivait au fond de l'estuaire de la Weser, à Brême (Basse-Saxe), et qu'il partit rejoindre, l'été de ses dix-sept ans, en espadrilles (des photos en font foi), un détail qui laisse pantois quant à la confiance dont il témoigne au regard de la géographie à traverser et des humeurs dépressionnaires du terminus hanséatique.

C'est même avec aisance, lui à qui toute parole coûtait, qu'à la gare de Brême il se posta devant le guichet, ayant fait demi-tour après qu'Hildegarde, finalement rebelle à ses propositions, eut tenté de lui imposer sa sœur en échange : « *Bitte, eine Fahrkarte zweiter Klasse nach Paris. Wann fährt der Zug ab ?* » Ce jeune homme avait d'ailleurs commencé sa vie dans le château d'un baron prussien, père de vingt-deux enfants légitimes. Mais il avait oublié aussitôt de quelle colline huguenote il descendait et à quel aristocrate exemplaire il devait l'aventureux confort d'un asile qu'il appelait son paradis.

Il n'aurait pas su dire non plus, cet égaré, par

quel tropisme fatal il s'est retrouvé à Berlin chez la comtesse Marie-Louise von Plessen, la nuit où le Mur tombait. Ils ont bu à l'utopie avec le philosophe Nicolaus Sombart, par le truchement d'un petit vin blanc de Saale-Unstrut, un petit vin blanc qui venait du froid. Qu'est-ce qu'il fabriquait là, dans la compagnie des « *deutschen Seelensucher* », les « chercheurs de l'âme allemande »? Il cherchait peut-être lui aussi, mais sans savoir ce qu'il cherchait, et sans même savoir qu'il cherchait. Quand la comtesse, exaltée comme une pythie dans ses châles vert pomme, lui a dit : « Vous êtes ici chez vous », il ne se doutait pas qu'un jour il se souviendrait de cette banale parole de bienvenue comme d'une prophétie ayant valeur d'oracle. Il y avait là un arrière-arrière-petit-fils de Bismarck et un jeune archiduc de la concurrente maison de Habsbourg qui ne reconnaissaient plus la mère patrie et qui venaient de frotter leurs jeans aux gravats socialistes dans une périlleuse opération d'aide mutuelle à l'escalade du Mur, étonnante alliance et contresens historique que leurs ancêtres eussent désavoué. Où est-on chez soi? Au bout de la nuit les deux princes s'en étaient allés, bras dessus, bras dessous, leurs pantalons lacérés, dîner d'une soupe à trois pfennigs, comme des réfugiés.

Le fil des migrations ne se perd pas toujours. L'étourdi qui cherchait son âme sans savoir qu'il l'avait perdue força un jour la porte de la sixième femme de Robert le Maudit, et cela sans aucun motif, sinon celui qu'elle lui avait fourni en refusant de le recevoir. Il se trouva devant une Roumaine dans les grands âges, élégante et caustique, qui consentit à lui déclarer, vaguement contrariée, après s'être assurée qu'il n'en mourrait pas et n'en ferait même pas une maladie : « Vous êtes, monsieur, le petit-fils d'un prisonnier allemand. » Ayant dit, elle le considéra avec espoir et même sympathie, comme la diseuse de bonne aventure mesure son petit effet et veille à contenter le client.

4

Souabes et Valaques

Elena descend d'une petite noblesse de Bucarest et elle a eu un premier mari chef d'orchestre. « Dans la marine », précise-t-elle avec importance. Je hasarde poliment : « Ce n'est déjà pas si commode sur terre. » Des deux veuves qui se sont précipitées à l'appel du prêtre, lors de la fameuse messe de requiem, elle était l'une. Elena a concentré tout son univers dans le périmètre d'un studio minuscule, à Caen. Souvenirs danubiens, monastères de Bessarabie, musique moldave, conques marines, livres d'Hélène Vacaresco. J'ai pensé à ma mère parce que nous n'étions pas loin du Bon Sauveur où l'avait conduit l'amour du même homme, et dont j'ai aperçu pour la première fois les murs sinistres. C'est là aussi qu'avait agonisé George Brummell, le beau Brummel comme on l'appelait, l'homme qui mettait deux heures à nouer ses cravates et lustrait ses bottes au champagne.

Elena tenait Robert Demaine serré dans une enveloppe : tout ce qu'elle possédait, des photos. C'était un homme qui ne s'encombrait pas, léger, passant. Si mystérieux, malgré la drôlerie.

Nous avons aussi parlé d'elle, de sa jeunesse.

Elle a évoqué les charmes lacustres de la Dobrou-dja sous la moustiquaire et le pays des Maramureş que l'on traversait en traîneau à neige. Il y avait aux murs des vues anciennes de châteaux de Tran-sylvanie dont les tours coiffées comme des éteignoirs de réverbère dominaient de sombres défilés. Elena avait sûrement été très belle et elle portait avec une sorte d'arrogance le souvenir de l'avoir été.

Elle ne répondait ni au téléphone ni au courrier, j'avais dû faire plusieurs tentatives, parlementer à travers l'huis. C'était la deuxième fois que je for-çais une porte roumaine. La première, c'était celle de Cioran.

« Je vais vous faire une confidence, dis-je à Elena. J'ai fait quelque chose pour la Roumanie, dans ma vie. Vous pouvez bien faire quelque chose pour moi.

— Mon Dieu, si l'on pouvait faire quelque chose pour la Roumanie, je crois que je le saurais.

— La Roumanie me doit son hymne. Enfin c'est une façon de parler, bien sûr.

— Bien sûr. C'est quoi, cette affaire ?

— En 89, après la chute de la dictature de Ceauşescu, j'ai forcé la porte de Cioran. Oui, le philosophe, l'écrivain. Il refusait les visites, se bar-ricadait, ne décrochait plus le téléphone. J'ai frappé comme un sourd, plusieurs fois, pas de réponse. En admettant qu'il fût absent, il n'entendrait pas ce que j'avais à lui dire. Alors, autant le lui dire pour le cas où il serait là : qu'est-ce que je risquais, puisqu'il ne m'avait pas ouvert ? À tout hasard, j'ai crié à travers la porte : " Je sais que vous êtes là. Je sais que vous ne voulez pas parler de la Roumanie. Je sais aussi que si vous ne le faites pas, vous êtes mort. Vous êtes mort non pas là-bas, parce que là-bas tout le monde s'en fout, mais vous êtes mort ici, parce que, ici, on ne vous pardonnera jamais ce silence, vous serez boycotté par l'intelligentsia, par vos confrères écrivains, par la presse, par la politique parce que vous resterez devant l'histoire celui qui n'a pas ouvert la bouche ni levé le petit doigt contre un despote, ni exprimé la moindre compassion à son peuple. Je suis venu vous prévenir. Des intellectuels influents préparent une lettre ouverte contre vous. "

— Pauvre Cioran. Qui donc était-ce ?

— Personne. Je mentais.

— Mais c'est odieux.

— Ce qui est odieux, c'est surtout la situation qu'il a lui-même décrite, et bien avant la révolution. Il s'envisageait comme le fils maudit d'une nation maudite. Comment vous dire ? Je suis en intelligence avec ça, la peur morbide du père, des voisins, les silences qui tuent. Alors les fils maudits, je les comprends, je les devine, je vois ce qu'ils fabriquent, je les aime jusque dans leurs mensonges, leurs inventions. Cioran, je comptais sur sa paranoïa. Je n'avais pas tort. C'est elle qui m'a ouvert la porte.

— Qu'est-ce que l'hymne roumain vient faire là-dedans ?

— Eh bien, c'est Cioran qui va déclencher le mouvement. Quand il m'ouvre, je le découvre terriblement déprimé. Il commence d'ailleurs à me rappeler qu'il n'aime pas les Roumains et il me dit qu'il médite un pamphlet contre eux qu'il intitulerait *Le Néant valaque,* en référence à la principauté danubienne qui a formé avec la Moldavie l'ancien royaume de Roumanie. Et en référence surtout à l'histoire d'une nation malheureuse, selon lui ratée et suicidaire. Il m'avait ouvert, je n'avais plus de raison de le bousculer. Il s'est détendu, m'a parlé des paysages des Carpates, du village de son enfance, Rășinari, et de son meilleur ami de l'époque, un gardien de cimetière analphabète qui le fournissait en crânes. Il adorait sincèrement les analphabètes parce qu'il voyait en ces gens-là l'humanité d'avant la civilisation, et donc d'avant le pourrissement. Là-dessus, tout au souvenir de sa collection de crânes, il s'enflamme un peu et me cite le vieux chant révolutionnaire des Roumains de 1848 : *"Roumain, réveille-toi de ton sommeil de mort!"* J'avais l'impression que c'était à lui-même qu'il s'adressait. Vraiment, c'est à lui qu'il parlait : mon vieux Cioran, le despote est tombé, réveille-toi de ton sommeil de mort! C'était une confession magnifique et j'étais très ému. Je crois qu'il pleurait lui-même, mais il pleurait des larmes retenues, qui ne coulaient pas. Il m'a cité tout le poème d'Andrei Mureșanu. Je l'ai vu, devant moi, renoncer à écrire *Le Néant valaque.* Il a dit son admiration pour la révolution et m'a autorisé à publier son témoignage. Le texte a circulé et a eu un impact d'autant plus considérable à Bucarest qu'il émanait d'un philosophe retiré du monde et qui s'était tu jusque-là. Et la Roumanie a fait son hymne du poème de Mureșanu, *"Roumain, réveille-toi de ton sommeil de mort!".* J'ai donc été le petit télégraphiste de cette affaire, non? D'ailleurs, je n'en suis pas autrement étonné. Moi qui ai passé ma vie à secouer le sommeil des morts, en pure perte, j'en suis d'accord, j'étais bien choisi pour faire passer ce genre d'annonce. Il n'y a pas de hasard, savez-vous? Mais bon, je me vante. Si ça se trouve, Mureșanu est le Victor Hugo des Carpates et Victor Hugo n'a pas besoin de prophètes, n'est-ce pas?

— Je pense qu'il s'agit d'un prisonnier.

— Aucune idée. Je ne sais rien de Mureșanu.

— Votre père. Enfin, le père de votre père. Je pense que c'était un prisonnier. C'est une hypothèse à considérer.

— Un prisonnier? Mais quel genre de prisonnier?

— Eh bien vous, alors! Vous faites parler les muets, mais vous n'entendez pas les gens qui vous parlent. J'essaie de vous dire les choses avec un peu de délicatesse. Je vous ferais même observer que je n'use pas avec vous des brutalités de basse police que vous vous permettez avec mes compatriotes. Voyons, nous sommes en Normandie pendant la Grande Guerre, loin du front. Quelle sorte de prisonniers peut-il bien y avoir là? »

J'ai prétendu ne pas savoir. Je voulais qu'elle prononce elle-même tous les mots. Alors elle a dit en baissant la voix : « Vous êtes, monsieur, le petit-fils d'un prisonnier allemand. » Elle a scruté ma réaction. Comme il n'y en avait pas, elle a acquiescé à ses propres paroles, comme si elle venait à l'instant de les entendre formulées par un tiers : « Oui, oui, je savais cela. Du moins, je l'avais compris. Robert n'en parlait jamais par égard pour sa mère, bien entendu. »

C'était une hypothèse à considérer.

Numéro six ne m'avait rien appris. Au ras des vies, à bas bruit, sans aucune bouche pour la dire et sans oreille pour l'entendre, à l'écart même des consciences, ce désastre interdit avait fait sa tache. Mais la demi-princesse du pays des vampires avait donné au mythe une expression rajeunie : ce n'était pas de Robert Demaine qu'elle avait parlé, un homme disparu depuis longtemps maintenant et que la rumeur n'atteignait plus, mais bien de moi, comme si j'étais désormais le porteur de la malédiction. J'avais subi la morsure.

En la quittant, j'ai pensé avec ironie que j'étais bien chez moi, en somme, au milieu des chercheurs de l'âme germanique, des mythologies de la ruine et du terrain vague. Christian von Wolff, qui a créé tout le langage philosophique allemand, a dit que l'existence était complémentaire de la possibilité, une doctrine qui, me semble-t-il, remet l'existence à sa place. Qu'est-ce qu'une crise d'identité ? C'est l'irruption d'un possible inattendu dans une existence à laquelle elle offre un complément. Je n'ai pas mon pareil, dans ce genre de crise.

En réalité j'ai mon pareil, bien sûr. J'ai mon double. Il aurait été à l'aise dans cette fête, si seulement il avait vécu, celui que j'étais quand je portais un autre nom. De loin en loin, toutefois, il se réveille de son sommeil de mort. Chaque fois c'est vers moi qu'il se tourne. Il n'a que moi. Il sort de son étui un violoncelle et il joue pour moi seul, bien maladroitement, parce que son sommeil de mort lui a laissé les doigts gourds, un lied de Schubert, toujours le même. Il torture alors cette mélodie, déjà déchirante quand elle est bien jouée, que Schubert a composée d'après ce fameux poème,

Der Doppelgänger, où Heine s'imagine marcher à côté de son double. Le violoncelle de mon pareil a la sonorité profonde des forêts du Schleswig-Holstein mais je ne l'écoute pas jouer. Je regarde les petits nuages de colophane qui s'élèvent au-dessus des cordes dans les aigus, ça m'évite de penser à tout ce chagrin massacré.

Ou bien il se glisse dans une vieille pèlerine en loden, mon camarade blafard, et il raconte ses humanités à Heidelberg, qu'il n'a jamais faites, bien entendu. Ou encore il affirme que l'Allemagne et lui sont des jumeaux solaires, étant nés tous les deux un 24 septembre. Il faut l'entendre raconter ça. L'Allemagne, dit-il, est née le 24 septembre 911, quand les principaux seigneurs de là-bas ont offert la couronne de Germanie à l'un des leurs, un dénommé Conrad de Franconie. C'est bien possible. Et moi aussi, enchaîne-t-il avec le sourire ahuri du gagnant de la loterie, je suis né un 24 septembre.

Mais on ne peut pas rester indifférent à son pareil et je ne rechigne pas à donner un coup de main à ses impostures légères. Dans le temps, je suis même allé à Berlin lui montrer le Mur qui tombait. C'était tout de même la fin d'une guerre mondiale. On l'avait faite pour écraser la précédente, qui bougeait encore dans les archives.

Aujourd'hui je n'accorde plus le même crédit aux faits sans importance ni au hasard qui les habille, c'est souvent qu'ils ont quelque chose à cacher. Quant à l'événement indicible dont nous serions issus, dans la chronologie mon père d'abord, moi et ma douce schizophrénie ensuite, il éclaire mes souvenirs d'une lumière si crue qu'ils s'en trouvent bouleversés, comme s'il avait le pouvoir, non seulement d'entrer par effraction dans le passé, mais de le changer à sa fantaisie.

C'est seulement maintenant que m'apparaît le vrai sens de ce que j'ai vécu. De nous deux, mon pareil et moi, c'est quand même moi le clown. Je mystifie, je fais semblant, je trompe le monde pour lui donner un peu de vie, malgré tout, mais à moi que reste-t-il? La dérision. Quelques années plus tard, lorsque j'ai dit à Ernst Jünger qu'il pourrait être mon grand-père, c'était bien sûr façon de parler. Il m'a répondu dans un éclat de rire : « Il ne faut jurer de rien! Je me sens d'ailleurs moi-même très français depuis trois jours. » Et il me raconte une histoire incroyable. « J'ai reçu de votre pays une lettre avec un timbre affranchi à mon effigie! J'en ai été stupéfié. C'est la preuve ultime de la réconciliation de nos deux familles. La République française m'honore comme écrivain, sans doute en considération des mesures que j'ai prises à Paris pendant la guerre pour protéger les auteurs français des menées de la Gestapo. Voyez-vous, cet épisode me rappelle une lettre que j'avais adressée à Heidegger, en 1963, pour le consoler des déboires que lui valait l'examen de son passé. Je lui ai écrit textuellement ceci : " Ne désespérez pas. On peut être traité comme un chien et se retrouver un jour sur un timbre. " Trente ans plus tard, j'en suis la preuve vivante. Vous ne trouvez pas que c'est drôle? »

Jünger me raconta même que, s'étant rendu à l'Élysée à l'invitation du président Mitterrand, il avait déposé en guise de pièce d'identité ladite enveloppe au bureau chargé de l'accueil et l'avait récupérée à sa sortie. Julien Hervier, le traducteur de l'écrivain, devait faire quelques jours plus tard le voyage de Wilflingen et il a bien voulu, à l'occasion de son séjour en Souabe dans la vieille maison du chasseur subtil, examiner le fameux cachet des indulgences. Il m'a appris à son retour que Jünger s'était laissé abuser par un admirateur et génial faussaire, qui avait peint une illusion de timbre sur l'enveloppe même, chef-d'œuvre validé par le tampon de la poste. Julien Hervier se garda cependant de faire part de sa découverte à Jünger, qu'il avait trouvé malade et gravement déprimé par la mort récente d'un de ses fils. Et l'auteur des *Falaises de marbre* s'est éteint lui-même à quelque temps de là, convaincu d'avoir reçu le pardon français et la laïque onction des messageries républicaines.

D'avoir été le confident et le témoin de l'unique et soudaine naïveté qu'on ait jamais surprise, en cent trois années, dans la vie de ce hobereau impassible, lecteur quotidien de Schopenhauer (un vaccin réputé contre les jobarderies de toute espèce) me laisse songeur. Et que cette duperie ou cette imposture des jours ultimes ait été déclenchée par une allusion fortuite à mon putatif grand-père germain est cause chez moi d'un léger vertige, comme si, parfois, les mots lâchés au hasard dans une simple conversation décidaient des choses qu'ils évoquent, prenaient nos vies en main et leur fabriquaient même, au bout du compte, cette apothéose prétendue qu'on appelle un sort, ou un destin.

Peut-être Jünger, dans cette bisbille philatélique, s'était-il laissé rattraper et dépasser par son fantasme, son double moqueur, son « *camarade blafard* », comme Heine, comme tous les poètes finalement. Et peut-être non. Qui sait s'il n'a pas feint d'être dupe de la supercherie, pour refaire l'histoire à sa fantaisie, se jouer la pièce du pardon? Et surtout, jouer ceux qui lui refusaient là-dessus l'indemnité ou la réparation que ses écrits aspiraient à obtenir. S'offrir même le plaisir sagace de transformer ce pur délire en passeport auprès du guichet suprême. Jünger était un écrivain.

On peut être le jouet de ses souvenirs, aussi. Je me rappelle un certain dimanche d'été dans un champ de belle herbe d'Île-de-France. Cette image-là s'est creusé dans ma mémoire une petite place au soleil, si lointaine cependant qu'il ne m'en reste que des impressions, au sens puissant que les peintres d'Honfleur ont donné à ce mot quand ils sont sortis des ateliers avec leurs tubes de couleurs. Je vois des jeunes gens qui dansent autour d'un vieillard immobile sous un plaid. C'est Bertrand de Jouvenel qui m'avait amené là. Il faisait beau et il m'avait lancé, sur le ton enjoué qu'il aurait pris pour me proposer une partie d'échecs sous les marronniers ou le tour du lac en canot, après un déjeuner où il avait refait la guerre : « Si nous allions voir Théodore? » Bertrand de Jouvenel, à mes yeux de l'époque, quand bien même il était habité de la passion des journaux et des débats, restait avant tout le jeune libertin qui avait inspiré *Le Blé en herbe* à sa belle-mère Colette, un roman dont le scandale avait interrompu la publication en feuilleton, un demi-siècle plus tôt. C'était de l'histoire littéraire. Quant à Théodore, avec qui il avait participé à l'aventure des *Cahiers bleus* dans ces mêmes années vingt, il m'avait souvent parlé de lui : c'était le surnom d'Emmanuel Berl, surnom dont l'avait baptisé sa compagne Mireille et sous lequel il dort, au cimetière Montparnasse. Mireille et Théodore, la tombe ne dit rien d'autre, et on a l'impression de surprendre un jeune couple dans leur nuit de noces.

On nous a conduits dans une maison où était allongé Emmanuel Berl. La mort avait déjà posé sur lui son masque cireux mais il ignorait la mort et devisait avec un jeune homme assis à son chevet et qui était Patrick Modiano. Avec Berl, Jouvenel et Modiano se trouvaient réunis trois fabulistes de la guerre, trois inventeurs, comme on dirait en archéologie : la plume occasionnelle du maréchal Pétain (« *Je hais les mensonges qui vous ont fait tant de mal* », « *La terre, elle, ne ment pas* »), le seul journaliste qui ait obtenu en exclusivité une interview d'Hitler (pour *Paris-Midi*) et le brillant romancier des impostures de l'Occupation (avec qui je ferais bientôt de longues marches dans Paris au cours desquelles il me ferait découvrir des rues qui n'existent dans aucun plan). Je me disais : mais qu'est-ce qu'ils ont tous, avec le Reich ?

On a fermé la porte derrière nous pour épargner à Théodore les cris de la futile jeunesse, qui dansait sur l'herbe avec Mireille, à moins qu'on ait poussé son lit jusque dans le vestibule pour qu'il puisse les entendre, c'est bien possible, car on a étendu sur lui un grand plaid au motif écossais comme si l'on craignait d'inexistants courants d'air : c'était la canicule. Une touffeur de plomb écrasait toute parole. Je n'entends rien à mon souvenir.

Chaque fois que la porte s'ouvrait, le personnage entrant s'excusait et refermait aussitôt, comme s'il dérangeait un huis clos qu'il ne s'attendait pas à trouver en pareil endroit. C'est sans doute en effet que l'endroit ne s'y prêtait pas. Il n'empêche. Cette porte qui s'ouvre et se referme sans cesse sur mon souvenir, comme s'il ne savait pas lui-même de quoi il était le souvenir, me livre aujourd'hui une allégorie du silence que je n'avais pas du tout aperçue à l'époque. Ils parlaient d'Allemagne, mais en écrivains, en acteurs d'un état-major de l'ombre qui se seraient donné pour objectif de voir ce qu'on pourrait encore améliorer dans l'intrigue que l'Histoire avait retenue. Je regrette de n'avoir prêté qu'une oreille distraite à ce séminaire auquel le chant de Mireille, au-dehors, prêtait un juste ornement d'époque, mais j'ai compris ce jour-là que la guerre réalise tous les possibles.

5

La truelle de sir Mortimer

Les feux follets sont peut-être les secrets de famille qui brûlent. Les gardiens des cimetières, qui veillent sur les tombeaux et fournissent parfois les collectionneurs en crânes de premier choix, forment une corporation insoupçonnable et bien informée d'agents de renseignement. Passant devant le marbre gris où mon père sourit tristement dans sa moustache, cette moustache que ma mère ne lui connaissait pas et qu'elle l'aurait dissuadé de se laisser pousser, le geôlier des enfers avait dit à ses aides, deux fossoyeurs qui avaient du métier et avaient enseveli bien des cabales et des cachotteries : « Ce malheureux Robert, quand même ! Quand je pense que son père était un officier anglais ! »

La rumeur avait aussitôt circulé parmi les proches du disparu et au sein même de sa dernière famille qui, tout à son deuil, n'avait pas relevé. Robert, on racontait tellement de choses sur son compte. Le portier de l'au-delà était un ancien combattant d'Algérie qu'une amitié de soldats, presque filiale, liait à Robert Demaine. Elle peut éclairer cette étrange révélation, surgie du néant avec un nom et un grade.

Le major Wheeler, vingt-sept ans, capitaine d'artillerie haut de six pieds au moins, charmeur et péremptoire, abordait chacune des aventures que l'existence lui proposait avec la confiance d'un hardi écumeur des mers nordiques et, cousu à son épaule dans un cartouche historié de belliqueux motifs, ce patronyme magistral de Wheeler, qui, traduit de l'anglais, signifierait *rouleur,* un sésame où résonne une mythologie indistincte de cuves sonores, de vagabonds de grand chemin, de navires marchands, de cyclistes couchés sur leurs ébouriffantes machines, suggérant on ne sait quoi de mouvementé dans le déplacement.

Il a rencontré Louise, vingt-six ans, à Auberville, au cours des premiers mois de 1917, à la ferme Marie-Antoinette, où elle est employée. La ferme Marie-Antoinette n'est pas une ferme mais un établissement hôtelier de grand luxe. Sur les documents qui en font la réclame, des chauffeurs en livrée patientent devant des automobiles à marchepied. Il y a des jardinières aux balcons et des chats en céramique sur le toit. S'il fait beau, on déroule les stores devant les fenêtres ouvertes et les chambres avalent à pleins poumons l'air du large et le chant des oiseaux. Des officiers anglais discutent sous les parasols. Ils sont là en permission ou en convalescence. Auberville est aussi une escale pour ceux qui, débarqués au Havre, de l'autre côté de l'estuaire, iront bientôt parfaire à Marly leur initiation au commandement des chars et à la pratique continentale de la guerre.

L'hiver a été si rude cette année-là que les fortes houles en Manche et en mer du Nord ont repoussé les projets de débarquement britanniques qui visaient, tout là-haut, Ostende et Zeebrugge. En Normandie même, la tourmente a formé des dunes si insolites sur le littoral qu'on eut l'idée d'employer des prisonniers allemands à balayer les plages, avec leur *P* dans le dos qui pour le coup semblait vouloir dire *plagiste*. Aplatir le sable! Et pourquoi pas des concours de beaux châteaux, joliment décorés de coquillages au mâchicoulis et aux échauguettes, pour occuper ces messieurs?

Il n'y avait d'ailleurs pas que les détenus qui s'employaient, si l'on peut dire qu'ils s'employaient ceux-là, chacun traînant derrière soi son râteau comme s'il pesait le poids d'un boulet. De Trouville à Cabourg, on s'était donné le mot pour sonner le réveil des stations endormies et rafraîchir les troupes de la domesticité balnéaire, égarées au service d'une guerre qui n'avait que trop duré. Béquilles et bandages quittaient en convoi les grands hôtels de la côte, délivrés de l'envoûtement qui avait chloroformé leur voluptueux apostolat. On n'en pouvait plus, on n'en voulait plus de cette saleté qui transformait les palaces en mouroirs et sapait le luxe jusque dans les temples qu'on lui avait dressés. Hôpitaux et infirmeries redevinrent ce qu'ils étaient avant les réquisitions militaires : des maisons bâties pour le plaisir des voyageurs. Tout ceci créait un petit climat miraculeux aux desseins des cœurs fragiles ou turbulents.

Robert Eric Mortimer Wheeler (1890-1976) n'était pas encore une légende quand il a posé le pied pour cause d'apocalypse mondiale sur le continent dévasté, plus baladin que solennel malgré les circonstances et la raideur de l'uniforme, frais émoulu de son Écosse natale, ayant rongé son frein et sa jeunesse dans les hangars de Colinton et sur les landes ventées des Pentland Hills, du côté d'Édimbourg, impatient d'en découdre.

C'est après cette guerre qu'il donnera sa pleine mesure, comme savant et archéologue. Avec ses somptueuses moustaches et ses chapeaux bosselés, son élégance un rien déjantée et la séduction démoniaque qu'il dégage, Robert Eric Mortimer Wheeler pourrait même contenir dans sa seule et exclusive personne le mythe stéréotypé de l'archéologue britannique. Son père s'appelait Robert lui aussi et il a vécu comme un trappeur. Il avait enseigné à son fils l'art de déchiffrer les pistes, celui-ci y ajoutera un talent certain pour les brouiller. Selon les époques de son existence dissipée, il se fait appeler Mortimer, son prénom usuel, Morty, Eric, Rick, Boberic, Robert, Bobs ou Rob. Il a l'œil bleu et une démarche un peu bizarre, un peu fruste, qui lui vient peut-être de sa grande taille : s'il était un bateau, avec cette haute mâture, on dirait qu'il roule un peu, d'un bord sur l'autre. *He is a wheeler.*

Dès l'enfance, Mortimer entretient avec son père une relation forte, passionnelle. Robert Wheeler ne lui révèle pas seulement les mystères de la vie sauvage auxquels la famille a conformé ses rituels : on pêche, on chasse, on cueille, on navigue, on campe. La première photographie de Mortimer le représente, à trois ans, le visage enfoui sous un chaos de boucles anglaises : l'air pas du tout effarouché, il tient dans sa main non pas un vulgaire palmipède en caoutchouc, ainsi qu'on en donne aux enfants pour qu'ils gardent la pose, mais *a live bird*, un oiseau vivant! Quant à son père, il n'est pas qu'un professeur de vie rustique.

Il écrit dans les journaux, d'abord au *Bradford Observer* puis au *Yorkshire Observer*. Heureuse époque, heureux monde où l'on peut vivre encore au fond des bois sans rien perdre du fond des choses. Mortimer apprend de son père une règle d'or : quoi que l'on écrive, lui dit-il, un compte-rendu de lecture, de concert ou de spectacle, un poème, un argument philosophique, on devrait imaginer que l'on rédige un télégramme et que chaque mot coûtera cher. Mortimer n'oubliera jamais cette forte leçon, que rend plus souveraine encore, et bien plaisante, son origine écossaise.

C'est d'ailleurs un atelier d'écriture que cette famille, une sorte de kiosque ou de moulin à journaux à elle toute seule en même temps qu'une entreprise de confection romanesque : la mère de Mortimer, Emily Baynes, une douceur victorienne aux yeux clairs, qu'elle a légèrement globuleux et larmoyants, est la nièce d'un autre magicien du langage à la santé fragile mais d'une prolixité rare — si l'on peut oser à son sujet cet oxymore qui ne l'aurait sans doute pas contrarié, lui qui fut un virtuose des paradoxes. Le philosophe Thomas Spencer Baynes fut titulaire de la chaire de logique à l'université de Saint Andrews mais il ne dédaignait pas, comme critique littéraire ou spécialiste de Shakespeare, prendre la plume dans le *Daily News*. Il a dirigé l'une des premières éditions de l'*Encyclopædia Britannica* et se montra le plus lumineux disciple de William Hamilton, le métaphysicien écossais qui avait affirmé le caractère inconnaissable de l'absolu et propagé dans les cercles lettrés l'idéalisme allemand.

Voilà dans quelle tribu apparaît Mortimer et on

n'en finirait pas d'énumérer ses accointances avec le monde de l'écrit : en dehors de la métaphysique, ce William Hamilton par exemple, le maître à penser de son grand-oncle, était lui aussi un passionné de littérature qui donnait des articles sur la poésie, le roman ou le théâtre, au journal libéral d'Édimbourg, l'*Edinburgh Review*. Un nid. Tous chroniqueurs, coureurs de gazettes, plumes pensives.

Mortimer est né pour nommer, dire, inventer. Et il va faire une chose bouleversante, inattendue. Les siens inventent le présent et l'avenir, dans leurs colportages et leurs universités. Lui va inventer le passé. Il invente l'archéologie. Avant Robert Eric Mortimer Wheeler, on déblaie. Après lui, on fouille. Avant lui, c'est la pioche. Après lui, c'est la truelle. Sur son nom usuel, Mortimer Wheeler, s'est même forgée cette anagramme : « *Him? Mere troweler!* » Ce qui peut se traduire par : « Lui? Une pure truelle! » Il écrit le discours de la méthode, il est le Descartes de la pensée creuse. Le découpage en carrés, les gréements de ficelles au-dessus des gouffres, les toiles d'araignée qui étirent leurs fils d'argent sur les escaliers bruns taillés au cordeau, c'est lui. Il dessine tout et merveilleusement, aucun détail ne lui échappe, on appelle ça relever. Il a un don certain pour relever les morts et redresser les mémoires. Wheeler fait parler les trous, les caves, les manques, les oublis, les tombes, les enfouis, les enfuis. « Ce ne sont pas des objets que j'exhume. Ce sont des vies », dit-il. C'est l'homme des gouffres, un visionnaire du passé. On accourt à ses leçons. Dame Margaret Lloyd George, la *first lady* de l'époque, manque se fouler la cheville au bord de ses abîmes.

On n'a aucune peine à l'imaginer débarquant au Havre pendant la Grande Guerre, inclinant sa haute silhouette dans le vent des Vaches Noires, au pied de ces falaises dont son meilleur ami et le plus ancien, le futur révérend Charles Cribb, pour l'heure le lieutenant Cribb, un passionné de préhistoire et de coquillages, lui parle depuis si longtemps. Ces deux-là, Charles et Mortimer, ramassaient déjà des escargots, enfants, dans les chemins humides de Weybridge, mais les Vaches Noires, c'est le Niagara de la conchyliologie, le paradis de l'ammonite, le panthéon du jurassique et chaque marée abandonne sur la plage de quoi combler les étagères d'un musée du fossile. Pour le coup, on aurait bien eu besoin des râteaux des « captives of war » qui tout près d'ici ont l'air de peigner le sable, vous avez vu ça, Mortimer ?

Étrange guerre tout de même. Les hôpitaux ferment, les casinos rouvrent. Sur la côte, les hôtels se vident peu à peu de la soldatesque blessée. On masque les souillures, on retape, on rénove sans attendre l'été, on attend des touristes, des orchestres, des baigneurs. Pendant ce temps, à Auberville, comme il est encore difficile de trouver des chambres sur les plages, la ferme Marie-Antoinette ne désemplit pas. De plus en plus d'Anglais, des officiers pour la plupart. Ils ne font que passer, à peine débarqués au Havre, ils montent au front vers le nord ou s'en vont dans l'Oise s'entraîner aux finesses de l'artillerie.

Des hommes ont sillonné le plateau en tous sens, en arrière des falaises, déroulé des cartes et des chaînes d'arpenteur. On dit que les Anglais vont construire un camp sanitaire tout près d'ici, à

Tourgéville, pour compenser sans doute la déréquisition des hôtels. S'il n'y avait pas tant de bras en écharpe, de crânes bandés sous les calots et de béquillards à prendre le frais sur les digues, le soir, on se demanderait même de quelle guerre au juste il peut bien être question dans les journaux.

Les Anglais surtout ont le chic pour vous la faire oublier, ils ont des manières, des façons bien à eux. Certains parmi les plus typés, on pourrait les croire en voyage d'agrément, même dans le vilain temps de février. Louise en a même croisé deux qui sont descendus aux Vaches Noires, armés de boîtes en fer-blanc grillagées et qui semblaient cueillir des bigorneaux sur les rochers. Ils sont bizarres, les Anglais. Ils n'ont pas l'air de subir la guerre, mais plutôt de s'installer dedans, comme si c'était un salon et que chaque chose dût s'y trouver à sa place. Ils jouent aux quilles ou au croquet dans le parc, accrochent leurs képis aux égouttoirs à bouteilles, parfois une rose au tablier d'une servante.

Les randonneurs de la falaise sont venus dîner le soir à la ferme. L'un des deux hommes avait un billet de logement pour Honfleur où il devait prendre le lendemain un bateau pour l'Angleterre, mais l'autre, le plus grand, un gradé d'artillerie aux armes de la 76e brigade et qui devait avoir dans les vingt-cinq ou vingt-sept ans, a pris une chambre pour plusieurs jours, la n° 3, la plus spacieuse. Le livre de caisse indique bien pour ce client *R.E.M. Wheeler* — *R.E.M.* pour Robert, Eric, Mortimer. Chaque matin, Louise ouvre les fenêtres, donne du poing dans la plume des édredons, souffle sur les miroirs et efface la buée qu'elle y dépose, passe le chiffon sur la tablette des cheminées. Ici les faits disparaissent, se dérobent au contrôle et glissent dans les conjectures. Comme l'a si justement dit Robert Burns, le barde écossais, *« le suspense est pire que la déception »*. Au demeurant, il n'y a pas eu de suspense : en novembre est né Robert Demaine.

On a donné aux jumeaux, à l'un le prénom de la mère, à l'autre celui du père (et la révélation de ce détail, ajoutée à une mystérieuse correspondance, transmise à Robert Demaine via un café PMU en juillet 1973 et signée Wheeler, courte lettre en anglais dont on comprend qu'elle fait suite à un déjeuner de retrouvailles et où il est question de se revoir à Londres, va produire sa rhétorique dans ce drame de la contingence. On ne peut écarter dans l'esprit de qui s'est attaché à cette enquête un émoi plutôt vif, semblable à celui de l'explorateur qui, après une interminable navigation, découvre, aux latitudes où ses calculs l'avaient installée, la terre que lui décrivait son imagination. Cette terre s'inspire même, avec une absence de scrupule qui redouble sa joie, du paysage dont sa spéculation l'avait habillée. Elle semble même y ajouter pour sa récompense les généreux alibis qui manquaient à sa connaissance et dont sa découverte ne cessera plus de se nourrir. Si bien que, contemplant l'une de ces photographies pleines de charme et de vie de la ferme Marie-Antoinette, avec ce frais soleil répandu sur la terrasse et ces officiers au repos sous les parasols, on aurait presque envie de crier : « Robert ! » pour voir si un képi n'allait pas se retourner).

« Faites comme moi. Épousez un archéologue. Plus vous vieillirez, plus il vous aimera », a dit un jour Agatha Christie, qui fut mariée à Max Mallowan, un jeune confrère de Mortimer. On dit que les règles sont confirmées par les exceptions. Dans ce cas, Mortimer Wheeler suffirait à homologuer à lui seul les vertus conjugales de la corporation tout entière : si le mariage est un pari sur la fidélité, il ne fallait surtout pas l'épouser. Il se trouva trois héroïnes pour transgresser cet interdit qui assura sans doute une part de sa légende, au-delà de son génie scientifique et de la ressource qu'il eut (bon sang ne saurait mentir) d'être aussi le meilleur journaliste de sa discipline et de ses propres découvertes : il fut la première personnalité de son temps dont la vie amoureuse intéressa le grand public presque autant que les travaux. Mortimer aimait toutes les sortes de femmes sans aucune distinction, les élégantes, les bourgeoises, mais aussi celles qu'on n'épouse pas ou avec qui on n'entretient pas même ce qu'il est convenu d'appeler une relation, les filles du peuple, les domestiques, soubrettes rhénanes aux nattes tressées ou servantes d'auberge du pays d'Auge auprès de qui il pouvait s'abandonner à sa nature profonde et semblait chercher une joie perdue, une communion de paille en accord avec les temps rustiques où il courait les bois, affranchi comme un trappeur. Beaucoup de ses rencontres ne dépassaient pas le temps d'une nuit. Il restait courtois et attentionné avec toutes. Spirituel, généreux. Quelquefois, on le surprenait silencieux, assombri, prostré. L'un des films qui ont été faits sur lui portait ce titre : « *A Life In Ruins* » : une vie dans les ruines ? Une vie en ruine ?

Le beau parleur était un « *womanizer* », un coureur de jupons. On évoque même un « *serial adulterer* » qui recrutait les étudiantes sur ses chantiers par les petites annonces. Ses collaborateurs rapportent une scène où il errait en tenue légère dans le couloir d'un hôtel, deux coupes de champagne à la main, à la recherche d'une chambre dont il avait oublié le chiffre. Ou d'une jeune fille dont il avait oublié les traits. C'est l'aveu qu'il fit à celle qui ne l'attendait pas, derrière la porte qu'il avait ouverte au hasard. Sa vie a reflété une névrose de séduction jamais assouvie sur laquelle ses biographes ont posé un diagnostic : « *philandering* », donjuanisme.

La guerre suivante allait faire de lui un général, la reine Élisabeth II un chevalier, et la BBC une gloire fêtée dans les magazines, « *personality of the year* ». On peut douter que Louise ait su. À moins qu'elle n'ait pas eu de trop, la taiseuse, d'une vie entière pour consommer les frissons délicieux d'un aussi considérable secret, dont elle aurait porté le fruit avec la troublante fierté d'avoir été, non seulement élue par un *monsieur*, comme disaient jadis les braves filles de Normandie engrossées par le riche fermier, mais encore appelée par le bon Dieu qui organisait tous ces mystères à des fins qui nous dépassent. Louise n'a même jamais eu d'amies, comme si elle se méfiait de certaines intuitions ou que les bavardages de dames lui parussent dangereux ou sans intérêt. Je me souviens d'une de ses connaissances, qui tenait un salon de coiffure à Houlgate et m'a dit à son sujet : « Je n'ai jamais connu quelqu'un qui se taisait autant et avait si peu à cacher. »

Sir Mortimer aussi savait se taire. On peut être beau parleur par dissimulation. Il remplissait chaque jour la grille des mots croisés du *Times*. Il dessinait et semblait toujours ailleurs. Il notait tout et ne publiait rien. Peut-être se souvenait-il du conseil de son père : chaque mot risque de te coûter cher. À ses Mémoires, qui trahissent un curieux mélange de manie et de désinvolture, d'indifférence et de générosité, il a donné ce titre : *Still Digging*. « Je creuse encore », « Toujours fouiller ». Comme s'il ne savait pas au juste qui il était, mais qu'il faisait des efforts. Une autobiographie lacunaire par philosophie, par conviction, par métier. Archéologue : qui a des trous, artiste des lacunes. On a l'impression par exemple qu'il a fait un peu ce qu'il a voulu, dans cette guerre, la première. Qu'il l'avait à sa botte. Il pouvait chasser le canard, à l'affût toute une nuit dans un gabion, à une demi-heure à peine de la mitraille. Ou même organiser des fouilles avec ses hommes, en attendant un ordre d'embarquement. Il y avait une phrase qu'on entendait souvent dans sa bouche : « *I make some special arrangement.* » Je m'arrange des choses particulières. C'était sa phrase. En ce temps-là, les hommes étaient encore des maîtres.

Quand tout cela sera fini, il viendra souvent fouiller des oppidums en Normandie, en voltige, c'est un rapide, on dirait qu'il cherche son bonheur comme on dit, il lance des coups de sonde, un jour ici, le lendemain déjà ailleurs, à Lisieux même, Saint-Désir-de-Lisieux où en un claquement de doigts il mettra en évidence du celtique augustéen très pur, à l'endroit même où, Jean-Louis Bunel étant disparu à l'état civil, je ferai mes premiers pas sous un nom d'emprunt, turc, je crois bien. De l'ottoman byzantin, très pur aussi. En un claquement de doigts.

Ce ne sont pas des objets qu'il exhume, ce sont des vies. Partout où il passe, on signale une résurrection. Je suis la plus tardive sur son copieux parcours, il s'en faut même de beaucoup. La tête hors du trou, enfin. Parfois, je me dis que sir Mortimer a prémédité avec moi une sorte de témoin fossile qui se souviendrait de lui, relique d'adultère en quête de ses chaînons manquants. C'est la magie des archéologues, le passé vient tout seul à eux, même depuis le futur. Parce que, enfin, il faut bien voir la chose. Ce n'est pas seulement moi qui le cherche, c'est quand même un peu lui qui se cherche dans mes tamis encombrés, avec ce quelque chose de fruste et de mélancolique, ce désespoir dissimulé sous les raffinements et le chapeau bosselé où il étale sa superbe, ce reconnaissable orgueil qui est notre marque de fabrique, quand le charme tombe et n'opère plus, que l'on retrouve la mélancolie du « soi seul », dans un décor vidé de tout espoir et de toute séduction. C'est l'heure du désenchantement et de la jouissance amère, la fin du conte de fées. La falaise ne dira plus rien. Il faut rentrer maintenant.

Ce n'est pas une preuve qu'on recherche, dans le champ des présomptions ruinées. À quoi leur servirait une preuve, à ceux qui n'ont pas de vérité ? Laissons courir l'incognito en cavale. Le grand-oncle Baynes le disait bien à ses étudiants de Saint Andrews. Petit un : si la preuve nous manque, et seulement elle, c'est qu'elle nous est sciemment soustraite. Petit deux et conclusion : si la preuve nous est sciemment soustraite, de ce fait même, elle nous est fournie par défaut. Je creuse encore. *Still Digging.*

Mortimer était un homme qui dressait des murs entre les choses. Qui cloisonnait. Le problème, avec ce système, c'est que souvent ça s'effondre. Et ça s'effondre sur la fouille, quand ça ne s'effondre pas sur l'homme qui fouille. Tout se confond alors dans le même limon illisible. D'ailleurs, Mortimer aurait lui-même été victime de sa méthode. Un jour, dans la vallée de l'Indus, il a cru découvrir un totem phallique, la sculpture d'un sexe mâle en érection. Mais les chambres d'excavation s'étaient écroulées sur un sous-sol très complexe, rendant l'interprétation délicate. Cet objet sacerdotal, accessoire de prières pour les demandes de fécondité, n'était paraît-il qu'un poids pour faire la tare dans les manœuvres de pesée du petit commerce. On sourit : un phallus, c'est tout lui, ça. D'après moi, l'erreur n'est pas démontrée. L'épicier pouvait très bien être fétichiste.

On ne fouille plus guère aujourd'hui selon la méthode Wheeler, seulement dans les sous-sols très perturbés, mais le fantôme de l'Écossais est partout. Il ne tient pas en place, tant de vies à hanter encore. Max Mallowan, « monsieur Agatha Christie », disait que Mortimer était « possédé par sept démons ». Il faut le croire. Ils ont marché sur les mêmes planches étroites et boueuses, voyagé dans les mêmes camions fumants d'Arabie et dégusté le thé au charbon à bord de l'Orient-Express, où Agatha inventait des crimes pour se désennuyer des hommes qui cherchent Dieu avec une truelle.

Robert Eric Mortimer Wheeler est mort la même année que mon père. C'est un détail qui m'intrigue, comme un point d'orgue sur une portée muette. En somme, je ne les ai connus ni l'un ni l'autre. Parfois, j'ai la nostalgie des quelques jours où j'ai cru que ce Wheeler était ma créature.

Où il n'existait que dans les formes que lui prêtait mon imagination, après avoir tracassé les pensées d'un gardien de cimetière. Il est certain que si j'avais conservé cette liberté à son égard, et n'en usant que d'après mon père, je n'aurais pas fait le plein des parentés imprudentes que leur destin m'accorde, au-delà des affinités spectrales : trois mariages chacun, une taille largement au-dessus de six pouces, le regard saphir des séducteurs précieux, la pommette haute des rieurs mongols, l'artillerie, les feux de camp, les chants d'hommes, les maîtresses à foison, la fantaisie, l'humour, la vie, quoi! Des dadas de graphomanes, le dessin, les mots croisés en fumant la pipe, les poèmes recopiés de Richard Francis Burton ou de Victor Hugo, autant de viatiques au fond des poches. La manie de s'enfuir et de s'enfouir. Une frénésie secrète. Des précautions de taiseux, sous la faconde des moustaches conquérantes. Tout noter, ne rien dire. *Ô toi, mon double, mon camarade blafard, qu'as-tu donc à singer ma peine d'amour?*

J'aurais même pu rencontrer mon personnage, s'il ne m'avait échappé au prétexte qu'il a vécu. Il se cache entre les plis d'un monde disparu, anéanti, introuvable. Sous-sol perturbé, aucune archéologie possible. Mais le rideau écossais que j'avais tiré sur mon enfance, il me suffit de l'ouvrir encore une fois sur ma penderie aux merveilles pour y découvrir, au bord d'un loch sombre, le château déchiqueté où j'ai vécu. La lumière sauvage des hautes terres rend plus intense encore le mauve d'une lande à bruyères, un arbrisseau marcescent qui ne s'éteint pas quand il meurt. Il faudra que je pense à en cueillir pour la tombe de maman, c'était

sa fleur préférée. Une bruyante famille de maca-
reux se dispute les meilleures aires sur une falaise
qui ressemble aux Vaches Noires. Sur le lac se trame
entre faunes à bec une vibrante envie de corne-
muse. Qui pourrait me mettre sur mon chemin ? Il
faudrait peut-être le demander à ce vieillard pensif
qui suit sur la lande la course d'une grouse ou d'un
lièvre variable. Je ne l'aurais pas troublé plus que
ça. Il m'aurait vu venir, bien entendu. Et tout de
suite j'aurais compris qui j'étais dans son regard :
un étranger qui allait sûrement demander sa route.
Je me reconnaissais bien là. C'est ce que j'aurais
décidé, c'était mon idée. Je n'ai jamais rien fait
d'autre, dans ma vie, que chercher ma route. Et en
le quittant je lui aurais dit : « Pardonnez à ma curiosité, monsieur, ne seriez-vous pas sir Mortimer
Wheeler, le fameux archéologue ? »

Plus tard, bien sûr, je lui aurais écrit. C'est feutré, l'écrit, ça ménage les distances et les sentiments, et ça laisse la mémoire faire son chemin.

6

Il faisait froid au château

Je me demande pourquoi on ne permet pas aux êtres humains de vivre et de vieillir sous le nom qui les a vus naître, quand les lieux-dits, les rivières et les montagnes n'en changent jamais. Sur les cartes, mon paradis s'appelle la Butte de Caumont. C'est du normand du Moyen Âge, une contraction de *chauve mont*. Avant que la botanique ne l'habille, mon paradis n'était en effet qu'un mont chauve. De ce désert, un jardinier a fait un éden qui, dès la Belle Époque, arrachait des cris aigus aux princesses impériales que cette beauté chatouillait et au regard de laquelle la mer elle-même, les jours d'équinoxe, n'est plus qu'un mirage gris qui s'éloigne à mesure qu'on l'approche.

Albert Lerossignol était l'éminent artiste d'une dynastie à qui l'on doit l'appellation de « côte fleurie » sur ces mêmes cartes. J'ai connu son fils. Pierre Lerossignol, enfant, a vu Marcel Proust descendre de l'omnibus qui l'amenait de Cabourg, ou parfois de la voiture pilotée par son chauffeur italien, et entrer, sa pelisse blanchie par la poussière ou les vents de sable, la tête prise dans un bonnet de cuir, dans le magasin de son père. C'était un client qu'on

220

n'oubliait plus quand on l'avait croisé une fois. Il commandait des roses, toujours les mêmes. À cette époque, on baptisait les plus belles essences florales du nom de princesses et de dames du monde et la préférence de Marcel Proust allait aux roses « Madame Bérard ».

Pierre Lerossignol m'a conduit au rosier « Madame Bérard », près de la grille d'entrée de son jardin, car cet épineux vieillard vivait et « donnait » encore, comme s'il avait été nourri des principes fertiles du temps perdu et du temps retrouvé (sa longévité s'expliquerait par le fait que ses racines baignent dans la vacuole d'un tout-à-l'égout, ce qui démontre que, même de manière souterraine, la réalité fait tout ce qu'elle peut pour soutenir les belles légendes). Souvent, Proust allait offrir une gerbe de ces roses à ses amis Alexandre de Neufville et sa femme, aux Béquettes. Au château. Chez moi.

Ce ne serait chez moi qu'un peu plus tard, certes. Le château aurait vieilli. On doit même convenir qu'il n'aurait plus toutes ses vitres et que les courants d'air le parcourraient en tous sens comme des enfants chahuteurs. J'ai retrouvé Cancane sous une casquette de base-ball, un jour de grand soleil. Cancane était la cantinière de la société de musique et elle jouait de la clarinette. Tout de suite, elle m'a parlé du froid. Du froid et du camion de pompiers que nous nous disputions jusqu'à nous écorcher les mains. Il faisait froid dans mon paradis, froid sous les pins de la Chastellerie, froid aux Béquettes. « C'est surtout ça », m'a dit Cancane. Et puis elle a toussé un peu, comme si ce froid la pénétrait encore par la seule éloquence du souvenir qu'elle en avait.

J'ai appris que mon château branlant avait abrité beaucoup de monde, tous les protagonistes de mon histoire : ma mère et moi dans une aile, les grands-parents Gustave et Louise dans une autre, avec leur fils revenu de la guerre et qui allait mettre trois ans à mourir, là, derrière une fenêtre éclatée, dans le froid et les courants d'air. Le petit âne de la mère Bigarreau avait le poil bien rêche pour nos jambes nues. Il poussait un braiment chaque fois qu'il voyait la mer.

J'ai fini par comprendre la hantise dont le vieux manoir était habité. Il avait été le théâtre de la subs-titution des pères : déserté par l'instable Robert, qui allait à sa guise et enjambait l'existence, il a vu un inconnu à qui je n'ai jamais adressé la parole remon-ter l'allée de mon paradis, au guidon d'une Norton réformée de l'armée britannique. Là où j'attendais mon père, derrière mon arbre fourchu, un autre m'est arrivé. « C'est surtout ça », m'a dit encore Can-cane.

Mon engendrerie au complet a ainsi squatté les Béquettes en ruine, un château que Marcel Proust avait fréquenté, deux guerres mondiales plus tôt, quand il avait encore toutes ses vitres et qu'un soleil pâle s'y accoudait, curieux des fêtes et des lumières d'un monde à son couchant. Il ne tient qu'à ma rêverie de lui rendre sa jeunesse et ses vitres et le soleil s'y invitera. Si je le veux, je pourrai même faire revenir Marcel Proust. Son auto tourne autour de mon arbre fourchu. Il est assis aux côtés de son chauffeur, Agostinelli. Derrière eux, il y a une grosse gerbe de roses que le petit Lerossignol, huit ans, a tout à l'heure, pour une pièce, installée sur la banquette. Proust est coiffé comme un aviateur, on dirait Roland Garros qui tire chaque matin son aéroplane sur la plage et le gare le soir sur la terrasse de ses amis Dubonnet, comme un enfant ferait de son jouet. « Il vaut mieux rêver sa vie que la vivre, encore que la vivre, ce soit encore la rêver », songe l'écrivain. Il se dit qu'il faudra penser à noter cette phrase, il va même tout de suite la confier à son ami Alexandre de Neufville. C'est plus sûr. Il se demande pourquoi une telle pensée lui vient maintenant. Oui, pourquoi ?

Je n'ai pourtant pas rêvé. J'ai vécu dans la villa « Les Noisetiers », au manoir de la Chastellerie, et pour finir au château du rêveur éveillé, aux Béquettes mêmes. C'est l'adresse qui figure au bas du document d'état civil qui atteste la mort symbolique de Jean-Louis Bunel, et ma renaissance accidentelle, signée par Joseph de Pellegars-Malhortie, maire de Surville, un parfait gentilhomme devant qui monsieur Ezine eut l'effronterie d'épouser ma mère. La métamorphose n'a pris que quelques minutes. Je reviens souvent à Surville, au pied du Mont Saint-Léger, pour visiter ma grand-mère Jeanne qui est enterrée là, devant la petite mairie, dans ce cimetière où veille un if si vieux qu'il a connu le temps des rois et qu'il a fallu le cercler de fer, comme un foudre. Lui aussi il a bravé les tempêtes et il a tenu. Un jour j'irai dormir à son ombre, sous mon nom retrouvé.

Robert Demaine et sa mère, eux, ont quitté ce monde sans avoir livré à quiconque le secret qui les liait, et qui fut si exposé qu'il trouva dans le bruit qu'il faisait une cachette idéale. On ne saura jamais de qui Robert était le fils, de qui ce flâneur en casquette, qui faisait métier des itinéraires, était l'insaisissable et insolente archive. D'un soldat de la Grande Guerre, dont la nationalité même est inconnue. Français, Allemand, Anglais? C'était une telle boucherie. On ne voit rien dans cette mêlée confuse. On s'approche, on plonge, on remonte les tranchées du temps. C'est comme le big-bang, qui cache l'événement dont il est la signature. Les ravages produits par ce qu'on cherche à voir empêchent justement de voir ce qu'on cherche. On avait raison de dire que cette guerre serait la der des ders : elle n'a jamais eu de fin.

D'ailleurs, il n'y a pas si longtemps, Robert Demaine m'est apparu. C'était sur un trottoir de Lisieux, devant la librairie « Joie de connaître ». Mon père se tenait à quinze mètres de moi, tel qu'en lui-même mon souvenir l'avait figé, exactement celui que j'ai vu quelques jours avant sa mort, vingt-cinq ans plus tôt, avec ses gros yeux bleus légèrement larmoyants. Je me suis tout de suite ressaisi, devant ce nouveau mirage que fabriquait mon esprit obnubilé. Ce sont des choses qui arrivent après tout, et le grand Taine lui-même, malgré tout son rationalisme rabat-joie, admettait que le monde réel que nous percevions ne fût jamais qu'une hallucination vraie. Il s'est alors produit un fait qui m'a pourtant empêché de recourir aux procédés habituels par lesquels l'esprit redresse un bâton que l'œil voit courbe, et autres phénomènes aberrants de cette nature. C'est que l'hallucination a croisé mon regard et est venue à ma rencontre.

C'était l'un des fils errants de Robert, son portrait tout craché. Il paraît qu'ils lui ressemblent tous, quand ils atteignent l'âge qu'il avait à sa disparition, comme si, remords ou punition, son fantôme venait sur le tard hanter des vies auxquelles il est resté indifférent.

Nous avons terminé les présentations sur le trottoir, devant la librairie. Joie de connaître.

I

1. Autour d'un gouffre   15
2. Mes salades   33
3. Engendreries   55
4. Rendez-vous à Mexico   75
5. L'homme aux leggings   100
6. Deux veuves   119

II

1. Dernières strophes   127
2. Mon camarade blafard   134
3. Les pins maritimes   143
4. Héritier du chaos   153

III

1. Masques et avatars   167
2. La dernière course   169
3. Un promeneur dans la guerre   173
4. Souabes et valaques   182
5. La truelle de sir Mortimer   204
6. Il faisait froid au château   220

DU MÊME AUTEUR

Aux Éditions Gallimard

LES TAISEUX, *récit*, 2009 (Folio n° 5176)

Aux Éditions du Seuil

LES ÉCRIVAINS SUR LA SELLETTE, *portraits et entretiens*, 1981
LA CHANTEPLEURE, *roman*, 1983
DU TRAIN OÙ VONT LES JOURS, *chroniques*, 1994
UN TÉNÉBREUX, *roman*, 2003

Aux Éditions Arléa

PROPOS D'UN EMMERDEUR, *entretiens avec Étiemble*, 1994
AILLEURS, *entretiens avec J.M.G. Le Clézio*, 1995

Aux Éditions Plon

ENTRE NOUS SOIT DIT, *entretiens avec Philippe Djian*

COLLECTION FOLIO

Dernières parutions

4968. Régis Debray   *Un candide en Terre sainte*
4969. Penelope Fitzgerald   *Début de printemps*
4970. René Frégni   *Tu tomberas avec la nuit*
4971. Régis Jauffret   *Stricte intimité*
4972. Alona Kimhi   *Moi, Anastasia*
4973. Richard Millet   *L'Orient désert*
4974. José Luís Peixoto   *Le cimetière de pianos*
4975. Michel Quint   *Une ombre, sans doute*
4976. Fédor Dostoïevski   *Le Songe d'un homme ridicule et autres récits*
4977. Roberto Saviano   *Gomorra*
4978. Chuck Palahniuk   *Le Festival de la couille*
4979. Martin Amis   *La Maison des Rencontres*
4980. Antoine Bello   *Les funambules*
4981. Maryse Condé   *Les belles ténébreuses*
4982. Didier Daeninckx   *Camarades de classe*
4983. Patrick Declerck   *Socrate dans la nuit*
4984. André Gide   *Retour de l'U.R.S.S.*
4985. Franz-Olivier Giesbert   *Le huitième prophète*
4986. Kazuo Ishiguro   *Quand nous étions orphelins*
4987. Pierre Magnan   *Chronique d'un château hanté*
4988. Arto Paasilinna   *Le cantique de l'apocalypse joyeuse*
4989. H.M. van den Brink   *Sur l'eau*
4990. George Eliot   *Daniel Deronda, 1*
4991. George Eliot   *Daniel Deronda, 2*
4992. Jean Giono   *J'ai ce que j'ai donné*
4993. Édouard Levé   *Suicide*
4994. Pascale Roze   *Itsik*
4995. Philippe Sollers   *Guerres secrètes*
4996. Vladimir Nabokov   *L'exploit*

4997. Salim Bachi — *Le silence de Mahomet*

4998. Albert Camus — *La mort heureuse*

4999. John Cheever — *Déjeuner de famille*

5000. Annie Ernaux — *Les années*

5001. David Foenkinos — *Nos séparations*

5002. Tristan Garcia — *La meilleure part des hommes*

5003. Valentine Goby — *Qui touche à mon corps je le tue*

5004. Rawi Hage — *De Niro's Game*

5005. Pierre Jourde — *Le Tibet sans peine*

5006. Javier Marías — *Demain dans la bataille pense à moi*

5007. Ian McEwan — *Sur la plage de Chesil*

5008. Gisèle Pineau — *Morne Câpresse*

5009. Charles Dickens — *David Copperfield*

5010. Anonyme — *Le Petit-Fils d'Hercule*

5011. Marcel Aymé — *La bonne peinture*

5012. Mikhaïl Boulgakov — *J'ai tué*

5013. Arthur Conan Doyle — *L'interprète grec et autres aventures de Sherlock Holmes*

5014. Frank Conroy — *Le cas mystérieux de R.*

5015. Arthur Conan Doyle — *Une affaire d'identité et autres aventures de Sherlock Holmes*

5016. Cesare Pavese — *Histoire secrète*

5017. Graham Swift — *Le sérail*

5018. Rabindranath Tagore — *Aux bords du Gange*

5019. Émile Zola — *Pour une nuit d'amour*

5020. Pierric Bailly — *Polichinelle*

5022. Alma Brami — *Sans elle*

5023. Catherine Cusset — *Un brillant avenir*

5024. Didier Daeninckx — *Les figurants. Cités perdues*

5025. Alicia Drake — *Beautiful People. Saint Laurent, Lagerfeld : splendeurs et misères de la mode*

5026. Sylvie Germain — *Les Personnages*

5027. Denis Podalydès — *Voix off*

5028. Manuel Rivas — *L'Éclat dans l'Abîme*

5029. Salman Rushdie — *Les enfants de minuit*

5030. Salman Rushdie — *L'Enchanteresse de Florence*

5031. Bernhard Schlink — *Le week-end*

5032. Collectif — *Écrivains fin-de-siècle*

5033. Dermot Bolger — *Toute la famille sur la jetée du Paradis*

5034. Nina Bouraoui — *Appelez-moi par mon prénom*

5035. Yasmine Char — *La main de Dieu*

5036. Jean-Baptiste Del Amo — *Une éducation libertine*

5037. Benoît Duteurtre — *Les pieds dans l'eau*

5038. Paula Fox — *Parure d'emprunt*

5039. Kazuo Ishiguro — *L'inconsolé*

5040. Kazuo Ishiguro — *Les vestiges du jour*

5041. Alain Jaubert — *Une nuit à Pompéi*

5042. Marie Nimier — *Les inséparables*

5043. Atiq Rahimi — *Syngué sabour. Pierre de patience*

5044. Atiq Rahimi — *Terre et cendres*

5045. Lewis Carroll — *La chasse au Snark*

5046. Joseph Conrad — *La Ligne d'ombre*

5047. Martin Amis — *La flèche du temps*

5048. Stéphane Audeguy — *Nous autres*

5049. Roberto Bolaño — *Les détectives sauvages*

5050. Jonathan Coe — *La pluie, avant qu'elle tombe*

5051. Gérard de Cortanze — *Les vice-rois*

5052. Maylis de Kerangal — *Corniche Kennedy*

5053. J.M.G. Le Clézio — *Ritournelle de la faim*

5054. Dominique Mainard — *Pour Vous*

5055. Morten Ramsland — *Tête de chien*

5056. Jean Rouaud — *La femme promise*

5057. Philippe Le Guillou — *Stèles à de Gaulle* suivi de *Je regarde passer les chimères*

5058. Sempé-Goscinny — *Les bêtises du Petit Nicolas. Histoires inédites - 1*

5059. Érasme — *Éloge de la Folie*

5060. Anonyme — *L'œil du serpent. Contes folkloriques japonais*

5061. Federico García Lorca — *Romancero gitan*

5062. Ray Bradbury — *Le meilleur des mondes possibles* et autres nouvelles

5063. Honoré de Balzac — *La Fausse Maîtresse*

5064. Madame Roland — *Enfance*

5065. Jean-Jacques Rousseau — *«En méditant sur les dispositions de mon âme...»*

5066. Comtesse de Ségur — *Ourson*

5067. Marguerite de Valois — *Mémoires*

5068. Madame de Villeneuve — *La Belle et la Bête*

5069. Louise de Vilmorin — *Sainte-Unefois*

5070. Julian Barnes — *Rien à craindre*

5071. Rick Bass — *Winter*

5072. Alan Bennett — *La Reine des lectrices*

5073. Blaise Cendrars — *Le Brésil. Des hommes sont venus*

5074. Laurence Cossé — *Au Bon Roman*

5075. Philippe Djian — *Impardonnables*

5076. Tarquin Hall — *Salaam London*

5077. Katherine Mosby — *Sous le charme de Lillian Dawes Rauno Rämekorpi*

5078. Arto Paasilinna — *Les dix femmes de l'industriel*

5079. Charles Baudelaire — *Le Spleen de Paris*

5080. Jean Rolin — *Un chien mort après lui*

5081. Colin Thubron — *L'ombre de la route de la Soie*

5082. Stendhal — *Journal*

5083. Victor Hugo — *Les Contemplations*

5084. Paul Verlaine — *Poèmes saturniens*

5085. Pierre Assouline — *Les invités*

5086. Tahar Ben Jelloun — *Lettre à Delacroix*

5087. Olivier Bleys — *Le colonel désaccordé*

5088. John Cheever — *Le ver dans la pomme*

5089. Frédéric Ciriez — *Des néons sous la mer*

5090. Pietro Citati — *La mort du papillon. Zelda et Francis Scott Fitzgerald*

5091. Bob Dylan — *Chroniques*

5092. Philippe Labro — *Les gens*

5093. Chimamanda Ngozi Adichie — *L'autre moitié du soleil*

5094. Salman Rushdie — *Haroun et la mer des histoires*

5095. Julie Wolkenstein — *L'Excuse*

5096. Antonio Tabucchi   *Pereira prétend*
5097. Nadine Gordimer   *Beethoven avait un seizième*
                                de sang noir
5098. Alfred Döblin   *Berlin Alexanderplatz*
5099. Jules Verne   *L'Île mystérieuse*
5100. Jean Daniel   *Les miens*
5101. Shakespeare   *Macbeth*
5102. Anne Bragance   *Passe un ange noir*
5103. Raphaël Confiant   *L'Allée des Soupirs*
5104. Abdellatif Laâbi   *Le fond de la jarre*
5105. Lucien Suel   *Mort d'un jardinier*
5106. Antoine Bello   *Les éclaireurs*
5107. Didier Daeninckx   *Histoire et faux-semblants*
5108. Marc Dugain   *En bas, les nuages*
5109. Tristan Egolf   *Kornwolf. Le Démon de Blue Ball*
5110. Mathias Énard   *Bréviaire des artificiers*
5111. Carlos Fuentes   *Le bonheur des familles*
5112. Denis Grozdanovitch   *L'art difficile de ne presque*
                                rien faire
5113. Claude Lanzmann   *Le lièvre de Patagonie*
5114. Michèle Lesbre   *Sur le sable*
5115. Sempé   *Multiples intentions*
5116. R. Goscinny/Sempé   *Le Petit Nicolas voyage*
5117. Hunter S. Thompson   *Las Vegas parano*
5118. Hunter S. Thompson   *Rhum express*
5119. Chantal Thomas   *La vie réelle des petites filles*
5120. Hans Christian Andersen   *La Vierge des glaces*
5121. Paul Bowles   *L'éducation de Malika*
5122. Collectif   *Au pied du sapin*
5123. Vincent Delecroix   *Petit éloge de l'ironie*
5124. Philip K. Dick   *Petit déjeuner au crépuscule*
5125. Jean-Baptiste Gendarme   *Petit éloge des voisins*
5126. Bertrand Leclair   *Petit éloge de la paternité*
5127. Musset-Sand   *« Ô mon George, ma belle maî-*
                                tresse... »
5128. Grégoire Polet   *Petit éloge de la gourmandise*
5129. Paul Verlaine   *Histoires comme ça*

5130. Collectif — *Nouvelles du Moyen Âge*

5131. Emmanuel Carrère — *D'autres vies que la mienne*

5132. Raphaël Confiant — *L'Hôtel du Bon Plaisir*

5133. Éric Fottorino — *L'homme qui m'aimait tout bas*

5134. Jérôme Garcin — *Les livres ont un visage*

5135. Jean Genet — *L'ennemi déclaré*

5136. Curzio Malaparte — *Le compagnon de voyage*

5137. Mona Ozouf — *Composition française*

5138. Orhan Pamuk — *La maison du silence*

5139. J.-B. Pontalis — *Le songe de Monomotapa*

5140. Shûsaku Endô — *Silence*

5141. Alexandra Strauss — *Les démons de Jérôme Bosch*

5142. Sylvain Tesson — *Une vie à coucher dehors*

5143. Zoé Valdés — *Danse avec la vie*

5144. François Begaudeau — *Vers la douceur*

5145. Tahar Ben Jelloun — *Au pays*

5146. Dario Franceschini — *Dans les veines ce fleuve d'argent*

5147. Diego Gary — *S. ou L'espérance de vie*

5148. Régis Jauffret — *Lacrimosa*

5149. Jean-Marie Laclavetine — *Nous voilà*

5150. Richard Millet — *La confession négative*

5151. Vladimir Nabokov — *Brisure à senestre*

5152. Irène Némirovsky — *Les vierges et autres nouvelles*

5153. Michel Quint — *Les joyeuses*

5154. Antonio Tabucchi — *Le temps vieillit vite*

5155. John Cheever — *On dirait vraiment le paradis*

5156. Alain Finkielkraut — *Un cœur intelligent*

5157. Cervantès — *Don Quichotte I*

5158. Cervantès — *Don Quichotte II*

5159. Baltasar Gracian — *L'Homme de cour*

5160. Patrick Chamoiseau — *Les neuf consciences du Malfini*

5161. François Nourissier — *Eau de feu*

5162. Salman Rushdie — *Furie*

5163. Ryûnosuke Akutagawa — *La vie d'un idiot*

5164. Anonyme — *Saga d'Eiríkr le Rouge*

5165. Antoine Bello — *Go Ganymède !*

5166. Adelbert von Chamisso — *L'étrange histoire de Peter Schlemihl*

5167. Collectif — *L'art du baiser*

5168. Guy Goffette — *Les derniers planteurs de fumée*

5169. H.P. Lovecraft — *L'horreur de Dunwich*

5170. Tolstoï — *Le Diable*

5171. J.G. Ballard — *La vie et rien d'autre*

5172. Sebastian Barry — *Le testament caché*

5173. Blaise Cendrars — *Dan Yack*

5174. Philippe Delerm — *Quelque chose en lui de Bartleby*

5175. Dave Eggers — *Le grand Quoi*

5176. Jean-Louis Ezine — *Les taiseux*

5177. David Foenkinos — *La délicatesse*

5178. Yannick Haenel — *Jan Karski*

5179. Carol Ann Lee — *La rafale des tambours*

5180. Grégoire Polet — *Chucho*

5181. J.-H. Rosny Aîné — *La guerre du feu*

5182. Philippe Sollers — *Les Voyageurs du Temps*

5183. Stendhal — *Aux âmes sensibles* (À paraître)

5184. Dumas — *La main droite du sire de Giac* et autres nouvelles

5185. Wharton — *Le Miroir* suivi de *Miss Mary Parks*

5186. Antoine Audouard — *L'Arabe*

5187. Gerbrand Bakker — *Là-haut, tout est calme*

5188. David Boratav — *Murmures à Beyoğlu*

5189. Bernard Chapuis — *Le rêve entouré d'eau*

5190. Robert Cohen — *Ici et maintenant*

5191. Ananda Devi — *Le sari vert*

5192. Pierre Dubois — *Comptines assassines*

5193. Pierre Michon — *Les Onze*

5194. Orhan Pamuk — *D'autres couleurs*

5195. Noëlle Revaz — *Efina*

5196. Salman Rushdie — *La terre sous ses pieds*

5197. Anne Wiazemsky — *Mon enfant de Berlin*

5198. Martin Winckler — *Le Chœur des femmes*

5199. Marie NDiaye — *Trois femmes puissantes*

Composition Firmin Didot
Impression Novoprint
à Barcelone, le 4 mars 2011
Dépôt légal : mars 2011
1ᵉʳ dépôt légal dans la collection : janvier 2011

ISBN 978-2-07-044024-5/Imprimé en Espagne.